INHALT

SIEBEN SOMMERSPROSSEN

MATTHIAS KLAß

Als Schulkind kamen meinem Reisewahn die Kinderferienlager der DDR entgegen, die zu Hunderten im Arbeiter- und Bauernstaat existierten. Mit sieben Jahren durfte ich das erste Mal fahren, mit dreizehn das letzte Mal. Üblicherweise dauerte ein Aufenthalt zwei Wochen, was mir viel zu wenig war. Also fuhr ich, gerade zu Hause angekommen, meist noch einmal in ein anderes Lager. Von den acht Wochen Sommerferien, mit denen die DDR ihre Schüler beschenkte, war ich sechs Wochen unterwegs; zwei Wochen mit meinen Eltern auf der Insel Poel oder in Arendsee, und vier Wochen im Ferienlager. Ich wäre auch in den restlichen zwei Wochen verreist, doch meine Eltern waren dagegen, weil ich sie noch länger mit dem gnadenlosen Nachäffen irgendwelcher Fremddialekte neuer Kameraden genervt hätte. Meine Ferienlagerpremiere hatte ich in Ruhla. Es folgten Freiberg, Wilhelmstal, Kamsdorf, der Kyffhäuser, Saalfeld, Rheinsberg und Prebelow. Letzteres war mein Abschiedsferienlagerurlaub. Ich fühlte mich das erste Mal im Leben zu alt, ich wurde vierzehn. Das letzte Intermezzo sollte das schönste werden. Prebelow war wie alle anderen Lager auch. Um zehn vor sieben dröhnten blechern die Pionierlieder aus Lautsprechern, welche heute höchstens noch Depeche Mode als Staffage für ihre Videos nutzen würden. Dann ging es zu den Waschräumen, der Frühsport schloss sich an, gefolgt vom Morgenappell. Nach dieser allmorgendlichen Prozedur durfte zum Frühstück eingerückt werden. Natürlich nicht ohne vorher die Betten gemacht zu haben und die Stuben zu kehren. Prebelow war zweigeteilt, in ein Pionier- und ein Betriebsferienlager, wie sie jeder größere VEB der DDR unterhielt. Die Betriebe tauschten untereinander Lagerplätze, damit die Kinder der Arbeiterklasse nicht immer in denselben Baracken Ferien zu machen brauchten. Die Pionierferienlager hingegen waren Elitecamps, in die nur jene Rausgucker reisen durften, die durch hervorragende Leistungen bestochen hatten. Sie würden später den Arbeiter- und Bauernstaat in eine goldene Zukunft führen, so dachten damals fast alle. Normalerweise hätten wir uns über solch eine Klassifizierung in der klassenlosen Gesellschaft beschweren sollen. Doch wir hatten nichts dagegen, zur Unterklasse stigmatisiert zu werden, zumal wir den ganzen Tag in Nickis und Niethosen, oder in Sporetta-Trainingsanzügen rumschlurfen durften, wohingegen den Strebern nur Pionierhemden und Halstücher gestattet wurden.

Aber noch etwas war anders in diesem Sommer. Das menschliche Wunder der Pubertät hatte begonnen, unsere Kindheit zu beenden. Wir warfen nicht mehr mit Steinen nach den Mädchen, sondern kritzelten verstohlen kleine Liebesbriefchen, die wir heimlich durch die angekippten Fenster der Mädchenbaracken warfen. Das wilde Gekicher der Insassen bestätigte unsere Vermutung: Wir waren Männer geworden! Echte Kerle! Stolz prahlten wir in den Waschräumen mit den ersten Anzeichen unserer Schambehaarung. Im Lagerwellblechdachkino lief unser Spielfilm: *Sieben Sommersprossen*, ein DEFA-Porno, jedenfalls nannten wir den Film so, weil in einer Szene eine nackte Jugendliche gezeigt wurde. Er handelte von zwei jungen Menschen, die zum letzten Mal in ein Ferienlager reisten, um sich dort das erste Mal zu verlieben. Kurz: Dieser Film handelte von uns! Nicht wenigen ging besonders die Nacktszene so nahe, dass sich der ein oder andere sogar nachts damit beschäftigte, wovon am nächsten Morgen zahlreiche eingetrocknete Flecken in der Bettwäsche und auf der Schlafanzughose stumm zu berichten wussten. Wir gingen nicht mehr mit Teddybären ins Bett, sondern mit schmutzigen Phantasien. Omas Warnungen bezüglich der Selbstberührung verhallten ungehört im Schlachtenlärm ungezügelter Hormonrevolution.

Eines Appellmorgens musste mein Doppelstockbettnachbar vor versammelter Mannschaft zum Lagerleiter vor, um sich eine Standpauke halten zu lassen. Zu unserer Überraschung ging es aber nicht um seine nächtlichen Genitalringkämpfe, sondern um den pechschwarzen Rand an seinem Bettlaken. Ohne nennenswerte Zurückhaltung denunzierte mich dieser Schleuderbaron: „Das ist die Schuld von Matthias Klaß, der tritt immer mit seinen Füßen auf mein Bettlaken, wenn er in seine Koje steigt.“ Der Boss funkelte mich an: „Wieso wäschst du dir nicht die Füße?! Schon vergessen? Wir Thälmannpioniere halten unseren Körper sauber und gesund." Ich wollte ihn erst belehren, dass die Füße zu meinen Gliedmaßen und nicht zu meinem Körper gehören, doch sein drohender Blick riet mir ab. „Tut mir ja leid", suchte ich mein Heil in einer Ausrede. „Aber ich hab meine Seife verloren und mein Taschengeld ist alle." Er zitierte eine andere Regel: „Wir Thälmannpioniere sind stets hilfsbereit und helfen einander! Du kannst dir sicher von deinem Kameraden die Seife borgen. Dann hast du saubere Füße und er ein sauberes Bett."

„Von wegen!", dachte ich spöttisch. „Wenn heute Nacht die Federn unter seiner Matratze knarren, sieht's wieder aus wie Sau."

In einem Bungalow in der Nähe des Essenraumes waren Schulkinder aus Kassel untergebracht. Es waren die Kinder von DKP-Genossen, einer vom Verfassungsschutz verfolgten kommunistischen Partei, der Folgepartei der verbotenen KPD von Ernst Thälmann. Sie kamen uns in ihren bunten Nickis mit den Werbezügen von verschiedenen Zigarettenfirmen wie die Kinder von Außerirdischen vor. Wenn sie uns erzählt hätten, dass ihre Mütter einst von Marsmenschen entführt worden seien, die jetzt ihre Väter waren – wir hätten ihnen vermutlich geglaubt. Obwohl heranwachsende Kommunisten, zeigten die Kinder aus der menschenfeindlichen BRD keinerlei Disziplin oder Klassenbewusstsein. Im Gegenteil, sie sollten dafür sorgen, dass ich zum ersten Mal in meinem Leben mit Rowdytum konfrontiert wurde. Und das kam so: In unserem Lagerkino wurde einmal mehr *Sieben Sommersprossen* gezeigt. Die Kasseler waren gerade eine Woche da und sollten schon am nächsten Tag abreisen. Sie hatten jenen Film, von dem das ganze Lager sprach, noch nicht gesehen und wollten heute Abend dieses Versäumnis nachholen. Doch unangemeldet traf am Vormittag eine Busdelegation Leninpioniere ein, also Jungs der sowjetischen Ausgabe unserer Organisation. Sie wurden mit allen Ehren empfangen und für den Abend ins Kino eingeladen. Natürlich konnte man den sowjetischen Bruderkindern nicht den Anblick ausgebeuteter Kapitalistenkinder zumuten. Ergo wurden die Kasseler wieder ausgeladen. Diese reagierten nun, wie sie es zu Hause von ihren großen Brüdern der 68er-Bewegung gelernt hatten. Sie warfen in Ermangelung von Molotowcocktails Steine und Knüppel auf das Wellblechdach des Kinos, so dass die Volkspolizei gerufen werden musste. „Das sind die Symptome des faulenden sterbenden Kapitalismus“, zitierte unser Lagerleiter beim nächsten Morgenappell den großen Vater der sozialistischen Oktoberrevolution, „sie haben in unserer Mitte weder Platz noch Zukunft“. Nur drei Tage später endete mein Lagerleben für alle Ewigkeit.

Als ich ausgelernt hatte, zog es mich in die Weiten der Welt. Ich heuerte am „Zentralen Jugendobjekt Erdgastrasse“ an, welches der DDR-Regierung diente, Weltkriegsreparationen an das Freundesland UdSSR zu leisten. In Beresowka, im Uralgebirge, an der europäischen Westgrenze, tat ich meine Pflicht: zu Gast bei Freunden. Mein Opa hatte in seiner Jugend ebenfalls die UdSSR besucht, war aber nur halb so weit gekommen – bis Stalingrad. Allerdings war er auf Befehl marschiert und nicht, wie ich, freiwillig hier. Letztlich standen sein und mein Sold nicht in gerechtfertigter Relation zueinander. Opa staunte: „4000 Kilometer!“ Ich antwortete: „Tja, mit Höflichkeit kommt man eben weiter.“

Heutzutage habe ich nur ein Andenken aus der Zeit der Ferienlager, obwohl ich seit zehn Jahren mit meiner Freundin glücklich bin. *Sieben Sommersprossen.* Auf Video.

FFEUNDESLAND

ANNE HAHN

Der Zug schneidet endlose Nebelfelder entzwei. Dass Polen so groß ist. Ich drücke die Stirn an die Scheibe des Schlafwagenabteils. Ben ist im Sitzen eingeschlafen und hält meine Hand. Max grinst mich im Spiegelbild an. „Noch nen Jägermeister?" „Rück rüber", ich mache vorsichtig den rechten Arm frei. Aus dem belegten oberen Bett schießt ein böser Blick auf uns herab. „Nastarowje", sage ich auf das blasse Gesicht zu, das schnell verschwindet.

Die Stunden verfliegen. Irgendwann nicke ich ein, halb sitzend, den Kopf in die Jacke vergraben. Verschlafe den Gleiswechsel in Brest. Das Rattern und Schunkeln wird zur Musik. Es dämmert, als ich aus einem Traum hochschrecke, in dem Ben mir einen Armstumpf entgegenreckt, während seine abgetrennte Hand auf den Eisenbahnschienen liegen bleibt.

Aus sanften Nebelschleiern steigt ein orangeroter Lichtkreis auf. Küsst die Baumwipfel am Horizont, die unbeweglich stehen. Dicht vor meinen Augen schießen braune und grüne Feldfetzen am Zugfenster vorbei. Der Himmel über uns ist noch schwarzgrau, an den Rändern franst die Farbe aus, weicht minütlich dem Licht. Der Tag erwacht.

Ich reiße das Fenster auf, ein Stoß frischer, kalter Luft wirbelt herein. Es riecht nach Erde, Gras und Dung. Ich atme tief ein. Dörfer fliegen vorbei, ein Traktor tuckert über eine Scholle.

Ankunft in Minsk. Eine kleine Delegation empfängt uns, ein Komsomolze, ein Fahrer und die extra für uns abgestellte Dozentin der Technischen Hochschule. Der Bus fährt uns zum Studentenwohnheim. Wir sehen eine riesige Stadt im Sonnenlicht liegen. Breite Straßen, die vom Bahnhof weg führen, wie zu Hause in Magdeburg. Nein, noch breiter, die Häuser im Zuckerbäckerstil sind höher, das Menschengewirr auf den unermesslich großen Plätzen babylonisch. Der Bus hält an einer Ampel. Ich schaue blinzelnd auf Hunderte von Passanten, die wie Ameisen unsichtbare Pfade ablaufen, in Klumpen an den Kreuzungen verharren, um gleich darauf wieder weiterzuhasten. Männer mit weißen

Käppis und dicken Bäuchen, Schulkinder in Uniformen, Mädchen mit großen Schleifen in den Zöpfen, füllige Frauen mit Einkaufstaschen, Soldaten, Kriegsveteranen mit blitzenden Orden, es geht viel zu schnell.

Wir bekommen Grün. Staub wirbelt auf und ich höre wieder die Stimme unserer Reisebegleiterin. Sie erklärt uns gleichmütig in singendem Tonfall, welches der Regierungspalast sei, wo das Denkmal des Sieges der Russischen Armee stehe, was ich alles vor Staubwolken nicht wahrnehmen kann, und dass heute kein Trinkwasser „arbeite".

Leider arbeitet auch der Fahrstuhl nicht. Als der Bus die Universitätswohnheime am Stadtrand erreicht hat, legt sich der Staub. Langsam krabbeln wir ins Licht hinaus. Die Hitze nimmt uns fast den Atem. Wir schleppen das Gepäck in die Eingangshalle und stehen direkt vor der geöffneten Tür des Fahrstuhls.

Die Zimmer liegen im zwölften Stockwerk. Ganz oben. Ich will nicht einsehen, dass die Koffer und Rucksäcke in den Fahrstuhl gestapelt werden. „Was soll denn das, entweder funktioniert ein Fahrstuhl, dann fahren wir damit – oder er funktioniert nicht!" „Ne rabotajet" ist die eintönige Antwort der Frau mit der geblümten Kittelschürze. Nelken auf dem Kittel, Rosen auf dem Kopftuch. Max lehnt an der Wand der Eingangshalle und sieht amüsiert zu, wie ich mich ereifere, Ben um ein Dreibettzimmer streitet, die ersten Mädchen zur Treppe gehen.

„Also", ich komme entnervt zu ihm, „der Fahrstuhl darf nur angestellt werden, um Gepäck zu transportieren. Weil heute Sonntag ist, für Personen ‚arbeitet' er nicht." Ich tippe mir an die Stirn. Die spinnen doch, die Russen!

Im zwölften Stock angelangt, stehen unsere Koffer und Rucksäcke vor dem wieder stillgelegten Fahrstuhl.

„Und da sagen wir zur DDR ‚Deutsche Surrealistische Republik'" schnaufe ich.

Kerstin, unsere FDJ-Sekretärin, wirft pflichtschuldig einen mahnenden Blick über ihre verschwitzte Schulter. Vera lacht. „Es kommt noch besser“, ruft sie uns zu, „ich hab grad erfahren, dass die Duschen im Keller sind. Hier oben gibt's kein fließendes Wasser!“

Das kann ja was werden. Fünf Tage Minsk im Hochsommer.

Die Tage vergehen schnell mit den Fabrikbesichtigungen und geselligen Gruppenabenden. Der Sommer beherrscht die Stadt. Erst gegen Abend lässt die Hitze etwas nach. Im Hof hinter den Blöcken der Studentenwohnheime stehen dichtbelaubte niedrige Bäume. Darunter sind Holzbänke im Viereck gruppiert, so haben alle Schatten.

Alte Männer in schäbigen Jacketts spielen Schach. Hin und wieder steht ein Kind neben einem Brett und beobachtet für eine Weile das Spiel. Es ist ruhig hier. Von der Straße dringt nur gedämpftes Baggern und Schlagbohren herüber.

Ich gehe durch den schmalen Durchgang auf die noch grelle, brütend heiße Straße. Frauen in langen Hosen, mit Hemden und dunklen Kopftüchern bekleidet, bringen Teer zum Sieden und kippen ihn aus großen Kübeln auf die Straße. Es stinkt und qualmt. Ich beschleunige den Schritt.

Ein Kwas-Auto biegt um die Ecke. Es verbreitet säuerlichen Geruch, der sich mit dem beißenden Teerqualm vermischt. Ich fliehe in einen kleinen Laden. Hier werden an einer großen Glastheke Fleischbouletten mit Kartoffeln verkauft, daneben stehen Dutzende Gläser Kefir. In dem kleinen Raum bilden etwa zehn, zwölf Frauen eine Schlange. Geduldig warten sie. Einige haben stille Kinder an der Hand. Es riecht nach Schweiß, Kot und saurer Milch. Allmählich ergreift der Geruch Macht über mich. Speiübel wird mir, es ist nicht zu ertragen. Ich nehme die Hand vor den Mund und renne aus dem Laden. Halte erst im Foyer des Wohnheims inne.

Langsam zuckelt der Fahrstuhl in mein Stockwerk. Oben empfängt mich die beginnende Dämmerung. Max und Ben liegen auf ihren Betten und lesen. Vor dem Zimmer befindet sich eine Balkongalerie, ein steiler Absatz führt zu der kaum einen Meter hohen Brüstung. Dann stürzt das Haus zwölf Stockwerke hinab.

Die Straßenbaustelle sieht winzig aus von hier oben. Mein Bauch kribbelt, ich schließe die Augen. Ich halte mich am Geländer fest und schnuppere in den Abend. Jetzt riecht es nach Obst und Zigaretten. Zwei oder drei Stockwerke unter mir fangen afrikanische Studenten an, leise zu trommeln. Einer singt.

Ben tritt zu mir, umfasst meine Hüften und schaukelt mich leicht gegen den Abgrund.

Mir wird sofort wieder schlecht, Schauer jagen bis in die Fingerspitzen. Meine Knie knicken ein.

„Ben, willst du mich loswerden?"

Er lacht hysterisch auf. Ich mache mich wütend frei, springe ins Zimmer.

„Gehen wir noch mal raus?"

Max springt erleichtert auf, nimmt seine Lederjacke und sieht zu Ben.

„Nee, lasst mal, ich geh schlafen."

In der Metro ist es kühl. Die großen Mosaike an den Tunnelwänden der Stationen schimmern golden und silbern. Übergroße russische Heldenfiguren recken Sicheln und Hacken in die Schächte. Endlos lange gleiten die Rolltreppen aus glitzernden Tiefen dem Abendlicht entgegen.

Wir schlendern über die breiten Straßen der Innenstadt. Die Ampeln auf der anderen Straßenseite sind nur zu erkennen, weil die farbigen Gläser fast doppelt so groß sind wie zu Hause. Im Zentrum der Stadt versammeln sich die Jugendlichen an einem großem Springbrunnen, dessen Wasserfontänen zyklisch auf- und abschwellen. Kleine Spritzer kühlen weiträumig die Luft. Kichern und Pfeifen begleitet die Passanten. Porträtmaler klappen Hocker und Staffeleien zusammen, die Nacht beginnt. Es gibt keine Bars, keine Kneipen.

Vor einem Hotel werden wir brummig abgewiesen, keine Chance, in die Hotelbar zu kommen. Wir haben keine Devisen. Wir laufen wieder in Richtung Stadtrand. Durstig. Max grinst mich an. Ich bin froh, dass er seine gute Laune nicht verliert, mit dem knurrigen Ben allein hätte ich die Reise nicht ertragen. Die Mädels sind zu langweilig, meist beten sie mit Kerstin im Chor völkerfreundliche Sprüche runter und trinken brav den „Wodka Gorbatschow“ (Wasser mit Eiswürfeln und einem Spritzer Zitrone), der uns bei Empfängen serviert wird. Na toll. Ich hab mir Studenten ein bisschen anders vorgestellt, vor allem, wenn sie Semesterferien haben. Max und mich beobachten sie die ganze Zeit. Schon dass wir keine Ökonomiestudenten sind, beunruhigt sie. Als wollten wir Spionage betreiben in den Fabriken, die wir jeden Tag besichtigen. Dass ich die zwei einzigen Männer der Reisegruppe in Beschlag nehme, finden sie wohl auch nicht so gut. Und dass wir abends um die Häuser ziehen, auf der Suche nach Menschen, Kneipen und Alkohol …

Die Straßen leeren sich. Neubaublöcke wachsen in die auslaufenden Magistralen. Die Peripherie rückt das Raster enger. In einer Nebenstraße vertrauter Lärm, Gläsergeklirr.

„Da, eine Kneipe!“ Keine Reklame weist auf die Schankwirtschaft hin. Nur die vertraute Klangkulisse aus anstoßenden Gläsern, dem heiseren Ruf einer Säuferkehle und aufreizendem Frauenlachen zeigt uns den Weg. Es ist ein normales Wohnhaus mit kleiner Pforte neben der Eingangstür. Wir betreten eine verrauchte, räudige Pinte. Der Raum ist nicht größer als ein Zugabteil. Eine Kellnerin mit großen Kannen zwängt sich an den zwei eng besetzten Tischen vorbei. Jeder Gast hat ein Halbliter-Glas Bier vor sich und bekommt darin nachgeschenkt. Max nickt den Männern lächelnd zu. Wir werden kaum beachtet und quetschen uns an den äußeren Rand eines Tisches, dessen zwei Holzplatten in der Mitte auseinandergebogen sind. Vom Aufstützen der schweren Arme. Ich mustere verstohlen die robusten Körper der Tischnachbarn. Bier schwappt über Gläser, Hosen, Tische. In der breiten Ritze der Tischmitte sammeln sich Gräten, Fleisch- und Fischreste. Bald haben wir einen Humpen vor uns und trinken so schnell, wie nachgefüllt wird. Sehr schnell.

Der Busfahrer flucht. Eine Frau mit schwarzem Kopftuch und weiten Gewändern zerrt eine Ziege in den Bus. „Muss das sein?“, stöhne ich. Ich sitze bereits zu dritt mit Ben und Max auf eine Bank gequetscht, unter einer Pobacke ein hartes Brett haltend. Es ist quer über den Gang gelegt und dient als Sitzgelegenheit für weitere zwei Menschen, ein Paar, das auf jedem Schoß große Hühnerkäfige balanciert.

Es stinkt. Es gackert und meckert.

Max lacht, „So habe ich mir den Studentenausflug ans Asowsche Meer vorgestellt!"

Ben hebt beschwichtigend die Hände, „Leute, Leute, heute Abend liegen wir am Meer, jetzt reißt euch mal zusammen!"

Selbst Kerstin ist empört und diskutiert mit dem Busfahrer. Der antwortet nur immer wieder, „Alles Familie, alles Familie".

Endlich geht es los. Durch die offenen Fenster dringt ein winziger erfrischender Luftzug in den überhitzten Bus. Als die Staubwolken sich verziehen, liegt die Stadt bereits hinter uns. Die Wasserflaschen sind jetzt schon alle. Ich umklammere meinen Stoffbeutel mit frischem Obst und versuche Körperkontakt mit dem Mann neben mir zu vermeiden. Sitzen ist wahrscheinlich eine übertriebene Bezeichnung für sein akrobatisches Unterfangen. Aber er ist gut gelaunt und zeigt mir ab und an einen riesigen Goldzahn, den er beim Grinsen entblößt. Dabei schießt er eine geballte Knoblauchwolke in meine Richtung ab. Ich halte die Luft an und sehe lieber aus dem Fenster.

Weite Weizenfelder ziehen an uns vorüber. Alle paar Kilometer stehen riesige Papptafeln an der löchrigen Piste. Ich klammere mich an die Lehne des Vordersitzes, doch der Bus schaukelt enorm. Auf den Tafeln entziffere ich mit einiger Anstrengung die Mahnung „Achtet unser Brot!". Seltsam, wo sich doch das Korn bis zum Horizont wiegt.

In wenigen Tagen ist meine jahrelang antrainierte Hochachtung vor dem Volk der Sowjetunion auf Erbsengröße geschrumpft. Zum Beispiel hat uns im Russischunterricht keiner erzählt, dass eine Frau in kurzen Hosen auf der Straße angespuckt werden kann. Männer verächtlich gucken. Dass es im Hochsommer tagelang kein Wasser gibt. Ich brumme meine Empörung in mich hinein. Meine Güte, wie romantisch hatte man uns das Bild des großen Bruders ausgemalt. Nette, freundliche Menschen, die auf der Erde alles im Griff haben. Große moderne Städte bauen, die ganze Welt mit ihrer Mission beglücken und selbst im All die Nase vorn haben.

In der Siedlung der Technischen Hochschule Donezk am Asowschen Meer spuckt uns der Bus nach einigen Stunden aus. Einen Appell zu Ehren der ausländischen Gäste müssen wir noch überstehen, dann geht es zu den Holzbungalows unter Kiefern. Kerstin empfängt den Lagerplan und die Liste für die tägliche Reinigung. Am Ende des Aufenthalts winkt eine Torte als Preis für den „saubersten Bungalow".

Die Warnung der Lagerleitung, nicht auf eigene Faust das Lagergelände zu verlassen, weht hinter unserer Gruppe her. Denkt dran: andere Länder, andere Sitten!

Kerstin teilt die Bungalows auf. Wir haben Glück und beziehen zu dritt ein sauberes Holzhäuschen. Ohne Diskussionen. Die Streitlust unter den Teilnehmern der Reisegruppe ist merklich abgeflaut. Wir verteilen uns im Kieferwäldchen.

Ich huste. „Ich hab noch den Staub von der Kühlschrankfabrik in den Lungen", fluche ich. „Und ich Baumwollflusen", antwortet Max.

Der Anblick der Maschinenhalle in der Handtuchfabrik hätte wahrscheinlich eine sehr schöne Filmszene abgegeben. Ich sehe die langen Reihen mit den Webmaschinen und den offenen Kübeln voller Baumwollbällchen wieder vor mir. Ein Tanzen und Schweben von weißen Flöckchen, als ob es schneite. Die Arbeiterinnen saßen unter dem Märchenregen, spannen, webten und nähten. Lachten und sangen.

Diesmal schließt sich Ben an, „Ich rieche noch den Gummisod von der Puppenfabrik", wir lachen alle drei. „Mann, was für mittelalterliche Verhältnisse. Von Arbeitsschutz haben die doch hier noch nie was gehört!", sagt Ben und schmeißt seinen Rucksack auf eine Liege im Bungalow. „Die armen Leute", sage ich, „in der Schmiede im Bergwerk, habt ihr die Rußschwaden gesehen? Und nirgends eine Lüftung oder Atemschutzmasken …"

„Ich beginne wirklich daran zu zweifeln, dass wir von den Russen was lernen sollten."

Ben stützt den Kopf in die Hände, auf der flachen Liege sitzend. Er sieht plötzlich geschafft aus. Klar, auch sein Weltbild muss angeknackst sein.

„He, he, Herr Ökonom, was sind denn das für Allüren?", fragt Max und boxt Ben leicht an die Schulter, „Komm Alter, wir gehen an den Strand."

Wir steigen, nur mit Bikini und Badehosen bekleidet, über den Zaun des Lagers, von dicken Kiefern vor den Blicken der Lagerbewohner geschützt. „Habt ihr die Klos schon gesehen?", frage ich halblaut. Kopfschütteln. „Chlorgestank, Saloonschwingtüren, Loch im gekachelten Boden, da geh ich nie und nimmer drauf!" „Wir werden sehen", murmelt Ben.

Da öffnet sich das Wäldchen zum Meer hin. Es sind nur wenige Badegäste am langen, goldgelben Strand. Einige Frauen, die sich mit schwarzem Ton eingerieben haben, liegen unter Sonnenschirmchen, die sie in den Sand gerammt haben. Sie bilden schwarze Skulpturen, deren bröckelnde Fassade weiße Haut freigibt.

Das Meer rollt gurgelnd im Sand aus. Endlose Weite, hellblau, weiß, gichtig, schäumend.

Ich kreische begeistert auf und stürme ins Wasser. Max und Ben sehen sich an, laufen mir nach.

HER MIT DEN KLEINEN TUNESIERINNEN!

FRANK WILLMANN

Der hochgeschätzte Ausreise-Gott hatte es gut mit mir gemeint. Die Straflager der Ostzone lagen glücklich hinter mir. Seit zwei Wochen schwelgte ich im Schlaraffenland. Endlich Büchsenbier, Bücher und viehische Punkkonzerte bis zum Anschlag. Es galt einiges aufzuholen.

1984 wohnte halb Thüringen in der Kreuzberger Falckensteinstraße. Eine Westberliner Wohnungsbaugesellschaft hatte ein halbes Sanierungsgebiet für die geknechteten Zonis bereitgestellt. Zentralheizung, Stuckdecken, alles frisch renoviert. Verwöhnaroma vom Feinsten. In jenen sorglosen Westberliner Jahren wehten uns unterprivilegierten Ossis allerlei edle Gaben in den Arsch.

Hatte man den Ostberliner Tränenpalast hinter sich gelassen, ging's sofort zum Meisendoktor im Westberliner Europacenter. Ein Warteraum vollgepfropft mit gestörten Thüringern. Stumm hockten wir unter Salvador Dalis Albtraumlandschaften, welche die Wände dekorierten. Ein Jeder vermied den Blick auf den Nachbarn. Konnte ja ein Späher der Allgemein Ortskrankenkasse sein, der uns rechtschaffen psychisch Ungesunde vom Erhalt des Krankengeldes abhalten wollte.

Die Empfangszone des mildtätigen Dotores wurde beherrscht von zwei langmähnigen und dickbrüstigen Lieblichkeiten. Da war er endlich, der goldene Westen, sonnenklar. Der gute Doc kam in Sachen Krankschreibung kaum hinterher. Es ging das Gerücht, er hätte mehrere Jahre in einem knietief mit fauligem Wasser gefüllten Folterkeller der Stasi zugebracht. Als er freikam, gab er den Schwur ab, nunmehr für das Glück aller Ostflüchtlinge zu wirken. Täglich spülte die Flüsterpropaganda frische Horden in seine Praxis.

Bitte treten Sie ein, Herr Willmann.

Schüchtern stolperte ich ins Elysium. Der Doc saß hinterm Schreibtisch und starrte ins Nichts. Man musste nicht viel reden, das übernahm er.

Ja, was haben wir denn? Posttraumatische Seelenstörungen, frühkindliche Demütigungen durch Stasi und Pionierrat?

Ich nickte stumm. Er stand auf, klopfte mir auf die Schulter. Kapitalistische Irrenärzte kannte ich aus dem Film *Einer flog über das Kuckucksnest* aber anders.

Wird schon, ich schreibe Sie weitere vierzehn Tage krank.

Das bedeutete fünfhundert Deutsche Mark. Schnell war ich wieder draußen. Die Empfangsmiezen offerierten mir meinen Schein, ich preschte jauchzend auf die Straße. Ab zur AOK-Auszahlkasse und hoch die Tassen.

Jeder einigermaßen fidele Ex-Zoni war durchschnittlich drei Monate beim Doc im Rennen. Dann gab's die Vorladung zum bösen AOK-Onkel, der uns gesund schrieb und zum Arbeitsamt beorderte. Manch geschickte Tunichtgute zogen ihre Krankschreibung indes deutlich länger durch.

Rotkäppchen schaffte insgesamt ein Jahr. Ruhm und Ehre diesem begnadeten Arbeitsscheuen! Ich traf Rotkäppchen im guten alten Kreuzberg. West-Frischling wie ich, kam er jedoch aus Schwedt, dem verschrienen Kittchen der NVA. Er hatte erfolgreich mit Waren der Volksarmee gehandelt und setzte seine Händlerkarriere auch hinter Gittern fort. Kaum im Westen angekommen, roch er sofort das nächste Geschäft. Er zog in ein besetztes Haus und eröffnete eine illegale Kneipe. Selbstverständlich stand er nicht hinterm Tresen. Das erledigten seine Mitbesetzer. Der Gewinn flutete in Rotkäppchens Tasche, manchmal auch nach Nicaragua. Wir wurden schnell Freunde, es gab einiges zu lernen.

Im achten Monat seiner Krankschreibung bekam Rotkäppchen eine Erholungsreise für zwei Personen geschenkt. Sein beträchtliches Stasiknasttrauma bedurfte einer aufwändigen Therapie. Da er mit keiner Frau der Welt wochenlang ein Hotelzimmer teilen konnte, kam ich ins Spiel. Im Reisebüro ließen wir uns Tunesien andrehen. Drei Wochen auf der Insel Djerba. Hotel Amethyst, Halbpension zum halben Preis. Saugünstig. Wir fragten nicht nach Sonnenstunden und anderweitigen lokalen Tatsachen. So ein Angebot konnte man als geschulter Bückwarenknecht nicht ausschlagen. Weihnachten und Neujahr auf der Liege in Afrika. Im linken Arm eine rassige Gespielin, in der rechten Faust Gin-Tonic satt! Rotkäppchen gab mir die hohe Fünf. Ich ließ es klatschen und sagte:

Jeden Tag schicken wir ein Kärtchen an die Kreisstelle der Staatsicherheit und eins an die verbliebenen Kumpane in der Zone.

Horrido Genossen, wir pflegen unsere Ärsche an der Mittelmeersonne im Hotel Glitzerstein, vielen Dank, Euer Frank.

Des einen Neid, des anderen Freud!, kreischte Rotkäppchen.

Ankunft in Afrika. Am Flughafen holte uns ein exotisch plaudernder Mann ab. Wir waren die einzigen Neuankömmlinge. So hatten wir drei es miteinander nicht schwer. Über staubige Pisten passierten wir Wellblechsiedlungen und steinige Äcker. Ab und an eine unglückliche Stachelpflanze. Menschen waren selten zu sehen. Lag es am stürmischen Wind, der über die Insel fegte?

Unser Hotel Glitzerstein wurzelte unweit des Strandes einsam in einer wüstenähnlichen Gegend. Mittlerweile hatte es zu regnen begonnen. Wir huschten in die Empfangshalle, eine mürrische Alte händigte uns den Zimmerschlüssel aus. Wir warfen uns auf die Betten und dösten dem Abendessen entgegen.

In der Hotellobby Rentner, nichts als französische Veteranen. Vor der abendlichen Mahlzeit fing uns eine weibliche Reisefachkraft ab. Sie betreute die ganze Südküste der Insel, wobei es derzeit nicht viel zu betreuen gab. Nebensaison eben. In schlechtem Englisch beantwortete sie unsere in noch schlechterem Englisch gestellten Fragen.

Nächste Stadt: fünf Stunden mit dem Taxi. Nächstes Dorf: eine Stunde. Nächste Disco oder Kneipe: Fehlanzeige, alle geschlossen. Nächstes Taxi: zwei Stunden warten. Selbstverständlich war der Pool nicht beheizbar. Immerhin konnte man am Hotel Tennis spielen. Oder tunesisches Fernsehen gucken. In der Kiste lief tunesische Volksmusik. Ab und an unterbrochen durch eine Rede des ruhmreichen hiesigen Führers.

Allerdings sollte es morgen eine Exkursion durch den Basar geben. Und in vier Tagen stünde ein Folkloreabend an.

Erschöpft verlangten wir nach Alkohol. Täte ihr leid, den gab es in diesem Hotel nicht. Sie murmelte was von Ramadan und Allah sei groß, soso, drückte uns die Hand und beteuerte, in circa einer Woche wieder vorbeizuschauen. Betäubt taumelten wir zum Abendmahl. Lammfleisch, Gemüse, Reis, schwarzer Tee. Ernüchtert trotteten wir zurück zu unserem Zimmer. Draußen tobte der Sandsturm, wir ließen die Balkontür vorsichtshalber zu. In Rotkäppchens Kulturbeutel fand sich eine Flasche Rasierwasser. Gemischt mit viel Wasser trinkbar. Heidewitzka.

Zum Frühstück Dattelmarmelade, labbriges Toastbrot, schwarzer Tee. An der Rezeption entdeckten wir einen Postkartenständer.

Die folgenden drei Tage verbrachten wir bei Halbpensionsdiät im Hotelzimmer. Während draußen die Elemente wüteten, lasen wir die Werke Klaus Manns und gingen alle drei Stunden zum Onanieren ins Bad. Abends Lammfleisch, Gemüse, Reis, schwarzer Tee. Morgens Dattelmarmelade, labbriges Toastbrot, schwarzer Tee.

Jeden Tag schickten wir eine Postkarte an die Stasi. Wir schilderten unsere Dauerparty am Strand mit wilden Tunesierinnen in den grellsten Farben.

Nach vier Tagen hörte der Sturm auf. Es pfiff nur noch ein feuchtkalter Wind, der direkt aus Grönland zu kommen schien. Wenn man genau hinsah, konnte man die Sonne am Himmel erahnen. Vorm Hotel wartete ein klappriges Gefährt auf Rotkäppchen, mich und drei Veteranen. Einmal quer durch die Ödnis. Der Fuhrmann lud uns in einer Siedlung ab. In drei Stunden Abfahrt, zeigten seine Finger. Vor uns ein Platz, der von einer geschlossenen Budenfront in U-Form umrahmt wurde. Wir lernten einen so genannten original arabischen Basar kennen. Das bedeutete: Apokalypse now. Nach zähem Kampf entkamen wir den rabiaten Bauernfängern und gierigen Kleinhändlern. Es fand sich am Ende des Platzes ein Café, wo wir bei unserem geliebten schwarzen Tee unseren billigen Tand unauffällig in einem Mülleimer entsorgen konnten. Fünf Stunden später sammelte uns der Kehrwagen ein. Gegen Mitternacht leuchtete uns das Hotel Glitzerstein entgegen. Essenfassen verpasst. Erschöpft fielen wir in unsere Betten und vergossen bittere Tränen der Wehmut. Wo waren die Jungfrauen? Wo Jux und Völlerei?

Am nächsten Morgen marschierten wir die fünfzig Meter zum Meer. Die gräuliche Salzlake vor uns sollte das Mittelmeer sein. Es war eisig kalt. Wir latschen nach rechts, wir latschen nach links. In Sichtweite des Hotels war der Strand gefegt. Danach begann rechts die Müllhalde und links ein militärisches Sperrgebiet.

Am Mittag versuchten wir es mit Tennis. Stets schlugen wir den Tennisball über den Zaun in ein Kakteenfeld. Wir ließen es sein. Dem Freitod nahe, machte Rotkäppchen den Vorschlag, ein wenig landeinwärts zu flanieren. Nach fünfhundert Metern wurde es hügelig. Eine Nebenstraße bog links ab. Schaulustig bogen wir ein. Und landeten in einem Olivenhain. Sahen auf einer kleinen Steinmauer zwei Araber sitzen. Sie hielten eine Flasche in der Hand. Eine Weinflasche. Erlösend funkelte der Rotwein. Schlagartig glaubten wir wieder an das Gute im Leben.

Großes Hallo. Mit Händen und Füßen kamen wir einander näher. Einer der beiden griff in Rotkäppchens leuchtenden Schopf. Schön rot Haar, sagte er und lachte. Kurz darauf hing die Flasche an unseren ausgezehrten Lippen. Unsere Gastgeber hießen Mahmud und Ali. Mahmud hatte lange Jahre in Nantes gearbeitet, Ali in Mannheim. Ein Jeder hatte sich ein Häuschen bauen lassen, mit Frauchen und gewaltiger Kinderschar gefüllt. Jeden zweiten Tag trafen sich die Schluckspechte im Olivenhain und genossen einen guten tunesischen Tropfen. Allah drückte ein Auge zu. Oder auch zwei. Er hatte Verständnis für die Schwachen. Allah ist groß, bestätigten wir und nahmen eine großen Schluck.

WEISSE NÄCHTE MIT ZOLLFREIEM STOFF

SPIDER

Pauschalreisen hatten etwas Anrüchiges. Keine Ahnung, wie das heute ist, heute bin ich alt, aber Mitte der neunziger Jahre war das so. Moderne junge Menschen machten damals gefälligst Interrail. Individualität stand auf dem Aushängeschild, unter dem sich die Jugend verabredete, den Daumen in den Wind hielt, die Zigaretten selber drehte und den Ballermann verachtete. Traveller hieß das individualtouristische Ideal. Mich hatte es bis auf die Lofoten geführt, allerdings mitten in der Polarnacht. Dafür bereiste ich im August die Sahara. Indien besuchte ich während des Monsuns. So blöd wie ich mich anstellte, gab es eigentlich keinen wirklich guten Grund, die Planung meines Urlaubs nicht Profis zu überlassen. Aber Pauschalreisen hatten eben so etwas Anrüchiges. So wie die eigene Freundin zum Abendessen bei McDonald's einzuladen. Dabei hätte mir das nun wirklich egal sein können, denn ich hatte ja gar keine Freundin. Trotzdem kamen Pauschalreisen für mich nicht in Frage. Mit wem man da womöglich zusammen reisen musste, also nein, auf so etwas wollte ich mich auf gar keinen Fall einlassen. Stattdessen trennte ich mich in Ägypten von meinen Reisegefährten, verliebte mich in Norwegen unglücklich in eine wildfremde Frau und ließ mir in Portugal gleich am ersten Tag von wer weiß wem die Bauchtasche mitsamt dem ganzen Geld und dem Interrailticket stehlen. Aber stattdessen als Pauschaltourist in der grauen Masse verschwinden? Niemals! Dabei hätte in einem Pauschalhotel am Roten Meer wahrscheinlich irgendein Dienstleister die Kakerlaken verjagt, als ich mich beschwerte. So aber lud mich der Rezeptionist meiner Traveller-Absteige in eine Hotel-Disco ein, wo einer seiner Kumpel Türsteher war. Da gab es Programm und man konnte besoffenen All-Inclusive-Touristen dabei zusehen, wie sie versuchten, einer Bauchtänzerin zu imponieren. Sie hatten auch tatsächlich die stattlicheren Wänste. Da hatten mich meine ehernen Traveller-Prinzipien also bis in eine ballermannmäßige Pauschaltouristendisco geführt. Aber während alle anderen irgendwann in ihre Drei-Sterne-Bettchen fielen, ging ich zu meinen Kakerlaken aufs Zimmer. Am nächsten

Morgen beschwerte ich mich wieder. Der Hotelier verschaffte mir diesmal Zutritt zu einem sauberen Hotelstrand, der von einem anderen seiner Kumpel bewacht wurde, was den Vorteil hatte, dass ich nicht am öffentlichen Strand zusehen musste, wie die einheimische Jugend versuchte, meiner Reisegefährtin zu imponieren, was sie aber auch nicht besser hinbekam als die Besoffenen in der Disco am Abend zuvor. Es gab noch mehr Ähnlichkeiten. So wie abends auf jedem Tisch eine Dose Bier oder Cola gestanden hatte, so lagen solche Dosen hier am öffentlichen Strand überall herum. Auch von daher war der gefegte und bewachte Hotelstrand angenehmer. Traveller-Spirit hin oder her. Vielleicht war die Zeit einfach mal reif für meine erste Pauschalreise. Ein anderes Problem war die Reisebegleitung. Wer wollte schon zweimal mit mir verreisen? Anstrengende Länder zu unmöglichen Jahreszeiten. Manchmal auch unmögliche Länder zu anstrengenden Jahreszeiten. Ich verschliss erst alle Freunde, dann alle Freundinnen und dann Bekannte. Blieben noch Unbekannte, klar, davon gab es jede Menge, aber dann hätte ich ja auch pauschal verreisen können. Ich wählte einen Mittelweg. Ich fuhr pauschal, aber mit einer alten Abendschulkameradin. Evi hatte für uns etwas ganz Besonderes ausgesucht. Ein Last-Minute-Angebot zwar, aber es war keine Kaffeefahrt, keine Bustour und kein Bumsbomber. Es war eine Kreuzfahrt. Mit einem Schiff. Eine Schiffsreise mit einem Kreuzfahrtschiff. Wer in den achtziger Jahren Westfernsehen empfing, der weiß, dass eine Kreuzfahrt etwas Besonderes ist. Sonst hätten sie ja wohl keine Fernsehserie über so etwas gedreht, oder höchstens im Ostfernsehen. Aber ich schweife ab. Eine Kreuzfahrt also. Auf der Ostsee. Mit der Anna Karenina, so hieß das Schiff. Von Kiel nach Sankt Petersburg. Eine Woche lang von links nach rechts und von hinten nach vorn. Oder wie der Seemann sagt: von Backbord nach Steuerbord und von Dings nach Bums. Ganz schön klein so ein Schiff. Wir hatten eine Kabine, es gab ein Deck und einen Bingosaal. Ich döste in der Kabine oder promenierte auf Deck. Bingo war mir zu schwierig. Ich hatte für eine Woche definitiv den falschen Lesestoff eingepackt, nämlich gar keinen. Wir gammelten rum, kamen kaum raus und statt an einer teuren Bar kauften wir uns den abendlichen Rausch im Supermarkt. Es war wie zu Hause. Der Supermarkt, den es erstaunlicherweise auf dem Schiff gab, war überraschend groß, zollfrei und bot vor allem Alkohol an. Aber wer sollte solche Mengen austrinken? Ich würde es bald erfahren. Gleich am ersten Tag ging es nach Schweden. Den Namen der Hafenstadt habe ich vergessen. Einige Dutzend Familien strömten an Bord, verstauten ihre Hemmungen in den Kabinen und campierten vor dem zollfreien Supermarkt. Dort gingen sie nicht wieder weg. Sie hätten auch gar nicht gehen können, höchstens wanken oder kriechen. Also kroch immer ein Familienmitglied in die schwimmende Schnapskaufhalle, kaufte alkoholische Getränke und wankte unter großem Hallo zurück, zu seiner durstigen Sippe. Sie waren alle ständig blau, von der Greisin bis zum Urenkel, und verließen ihren Platz vorm Supermarkt auch nicht, als wir drei Tage lang in Sankt Petersburg vor Anker lagen. Zwei Tage immer wieder von Steuer- nach Backbord und zurück, ich wäre überall an Land gegangen. Vielleicht ist das der Witz an Hafenstädten. Um an Land zu dürfen, brauchte man ein Visum, das man nur dann bekam, wenn man einen der zahlreich angebotenen Landausflüge kaufte. Was weiß ich, was uns dazu bewog, nach Wochen (na gut, nach zwei Tagen) auf dem Meer ausgerechnet eine Bootsfahrt auf der Newa zu buchen? Unter Deck, wohlgemerkt, denn es regnete. Waren es die von folkloristisch behemdeten Burschen vorgetragenen russischen Volksweisen mit jeweils achtundzwanzig Strophen? Der versprochene Gratis-Krimsekt? Die ebenfalls im Preis enthaltenen sto Gramm Wodka? Sturztrunken wankten wir zurück an Bord der Anna Karenina. Das war also unser erster Landgang gewesen. Die Schweden begrüßten uns wie alte Bekannte. Nun hatten wir uns also die Berechtigung zu weiteren Landgängen verdient. Wir hatten uns qualifiziert. Unsere Pässe stempelte eine uniformierte Frau, die aussah, als litte sie unter einem sehr schweren Schicksal, das sie bitter gemacht hatte und hart. Sie litt darunter, in Russland Menschen die Pässe abstempeln zu müssen, anstatt sie in irgendeiner Bürgerkriegsregion auf dem Balkan einfach über den Haufen schießen zu dürfen. Unsere D-Mark tauschten wir in einer Bank nach nur einer knappen Stunde Wartezeit in Rubel. Die Frau hinter dem Panzerglas nahm eines unserer Fünfmarkstücke in den Mund und biss darauf. Aber wie schon gesagt, ich wäre überall an Land gegangen. Alte Häuser, kaputte Straßen, riesengroße Ampeln, Paläste, Festungen und Kirchen, es kam mir alles irgendwie bekannt vor. Das ganze verdammte Sankt Petersburg kam mir bekannt vor. Es kam mir nicht nur bekannt vor, nein ganz eindeutig, ich war schon einmal hier gewesen. 1991, vier Jahre zuvor. Aber glaubt es mir, oder lasst es bleiben: damals hieß die Stadt anders, Leningrad nämlich. Sie mussten sie umbenannt haben. Ich glaube jedenfalls nicht, dass es sich um zwei identische Städte handelt. Nun gab es in Sankt Petersburg nicht nur Paläste und Kirchen, sondern zum Beispiel auch Kioske. Kioske, die Bier, Süßigkeiten, Wodka und Zigaretten nicht verkauften. Jedenfalls nicht an uns. An mich nicht und an Evi auch nicht, und die hatte immerhin ein Russisch-Abitur. Aber egal wie viel Mühe wir uns gaben, die Verkäuferinnen und Verkäufer blickten durch uns hindurch, als seien wir schlechte Luft, und schwiegen stoisch. Ich war nicht wirklich irritiert, dass sie uns ignorierten, als wir sie auf Russisch ansprachen. Das war doch eigentlich ganz normal. In der Schule hatte ich dasselbe in ähnlichen Situationen immer wieder mit meiner Russischlehrerin gemacht. Sie taten einfach, als seien wir nicht da. Ich konnte ihnen nicht einmal eine schlechte Zensur dafür geben, so wie meine Russischlehrerin mir damals. Also blickte ich betont beiläufig irgendwohin. Ich wollte ihnen Zeit geben, eine halbwegs akzeptable Antwort irgendwo abzuspicken. Ich hatte in der Schule immer Vokabeln mit einem ganz dünnen Bleistift auf den Tisch geschrieben. So dünn, dass unsere Lehrerin es nicht sehen konnte. Irgendeinen ähnlich guten Trick mussten diese Russen doch auch drauf haben, schließlich handelte es sich um ihre Muttersprache. Hatten sie aber nicht drauf, so einen Trick. Es endete schlicht und einfach damit, dass wir nichts kauften. Kein Bier, keine Kekse. Nicht für Rubel, nicht für D-Mark.

Die Frau in der Bank hatte in unser Geld gebissen. Zurück an Bord besorgten wir uns Bier und Kekse im Supermarkt. Die Schweden begrüßten uns wie alte Bekannte. Vielleicht hatten die Petersburger einfach nur nie gelernt, etwas zu verkaufen. Vier Jahre zuvor war ich schon mal in dieser Stadt gewesen. In meiner Individualtouristenzeit. Sie hatte noch Leningrad geheißen. Ich war in einem Kaufhaus gewesen, wo es bloß Schapkas gab, und auf einem Kolchosmarkt, wo Sonnenblumenkerne das Einzige waren, das man kaufen konnte. Und nun auf einmal diese vielen Sachen in den Läden. Daran musste sich eine Verkäuferin ja auch erst einmal gewöhnen. Wir hätten es auch am dritten Tag nicht geschafft, unser Geld loszuwerden, hätten wir nicht die Eremitage besichtigt. Die weltberühmte Eremitage. Ich weiß nicht mehr, was ich erwartet hatte. Es war so eine Art Museum. Und dann gelang es uns doch noch in einem Delikatessengeschäft eine Büchse von diesem berühmten Kaviar zu erwerben. Wir verzehrten sie auf dem Deck der Anna Karenina unter dem hellen Mitternachtshimmel einer dieser berühmten weißen Nächte. Es schmeckte wie Margarine. Zum Glück hielt der berühmte Supermarkt zollfreien Verdauungsschnaps bereit. Die Schweden grüßten uns wie alte Bekannte. Nach drei Tagen Sankt Petersburg ging es wieder zurück nach Kiel. Mir war es recht. Unterwegs legten wir in Schweden an, ein Haufen Betrunkener trottete erschöpft aber glücklich von Bord. Sie verabschiedeten uns wie alte Bekannte. Einer fragte mich nach dem Namen der Hafenstadt. Zwar sei es sein Heimatort, aber er hatte im Rausch dessen Namen vergessen. Das war also meine erste Kreuzfahrt. Die meisten Kumpels beneideten mich sogar ein bisschen. Oder sie taten wenigstens so. Ob es toll sei, auf so einem weißen Luxusdampfer, wollten sie wissen. Wie Sankt Petersburg war, die Eremitage, die weißen Nächte. Ob es wahr sei, dass die Russen so viel söffen, fragten einige. Wieso die Russen? Mein erster Pauschalurlaub. Gar nicht mal so anrüchig, wie ich immer gedacht hatte, das Ganze. Die nächsten Reisen unternahm ich aber trotzdem wieder auf eigene Faust.

CHINA GIBT ES DOCH

FALKO HENNIG

Ungefähr 1995 habe ich versucht, Chinesisch zu studieren. Leider nicht gerade erfolgreich; ich saß im Seminar Wochen und Monate und verstand kein Wort. Während die Kommilitonen ganze Seiten vorlasen, war ich froh, wenn ich überhaupt ein Schriftzeichen erkannte. Dazu war ich ständig verkatert und befand mich in dem Wahn, dass ich so wie ein Fisch nass wird, wenn er nur lange genug im Wasser ist, auch irgendwann Chinesisch verstehen würde, wenn ich es mir lange genug anhörte. Richtig wäre gewesen, Schriftzeichen zu pauken: alte Zeichen, neue Zeichen, Lautschrift und Vokabeln. Aber stattdessen gab ich mir jeden Abend auf der Bühne eines Schmierentheaters die Kante und versuchte relativ erfolglos in den verschiedensten Zeitungen zu veröffentlichen. Immerhin schaffte ich es meistens, egal wie sehr ich nach Qualm und Fusel stank, pünktlich im Institut in der Oranienburger Straße zu sein. Die Professoren öffneten und schlossen ihre Münder, Wort um Wort ploppte heraus, die Schriftzeichen schwirrten im Raum herum, senkten sich wie Mehltau auf Boden und Tische, nur in mein Schrumpfhirn verirrte sich kein einziges. Dazu bohrte in mir ein Verdacht: Je mehr sie uns erklärten über die vielen Dialekte und die aberwitzige Grammatik, je mehr sie erzählten über das Riesenreich, desto überzeugter wurde ich, dass es China gar nicht gab. Ich zählte die Indizien zusammen – es wurden immer mehr. Widersprüche in der Geschichte, die Zeitzone, die viele Geheimnistuerei. Das zog noch zusätzlich Motivation ab, endlich zu lernen. Eine tote Sprache, das hätte ja vielleicht noch Sinn, aber eine die es gar nicht gab? Erstaunlicherweise war es ausgerechnet dieses Essay darüber, dass es China nicht gibt, mit dem ich erst in der Reformbühne gefeiert wurde, das dann im Salbader meine erste Veröffentlichung wurde und schließlich sogar von der Filmemacherin Katrin Rothe in aufwändiger Animation verfilmt wurde. Dann wurde unsere Tochter Ella geboren und wir gedachten, den recht bewegungslosen frühkindlichen Zustand für eine China-Reise zu nutzen, um der Angelegenheit auf den Grund zu gehen. Wenn das Kind erstmal rumlief, wer weiß was da passieren könnte, aber noch lag es mangels Muskel- und Nervenmasse wie paralysiert im Kinderwagen.

Wir kamen in Hongkong an, das damals noch englische Kolonie war. Das war schon fantastisch, in Tempelhof mitten in der Stadt waren wir gestartet und nach einem atemberaubenden Sinkflug auf Berge und Wolkenkratzer näherte sich die Flugmaschine beängstigend den Dächern der Häuser von Kowloon. Ich zähle mal die Stationen unserer Reise im Schnelldurchlauf auf: Hongkong, mit einem Dampfer nach Xiamen, von dort mit dem Flugzeug nach Wuhan, weiter mit dem Dampfer auf dem Gelben Fluss nach Shanghai, von dort mit einem Geisterschiff nach Osaka, Japan, und dann ging es über Südkorea und Hongkong zurück. Aber am unheimlichsten war es in China. Mein Verdacht von der Nichtexistenz des Landes wurde durch unsere Reisen entkräftet und wenn es noch Zweifler gibt, sei hier bestätigt: China gibt es doch.

Ella war gerade mal ein paar Monate alt, sie lag immer nur in ihrem Kinderwagen und lächelte die vielen lächelnden Chinesengesichter an, die sich über sie beugten. Ella war der große Star, ein europäisches Baby! Und dann noch blauäugig! Allerdings hatten wir auch immer Angst.

In den chinesischen Restaurants standen am Eingang die Bottiche mit den lebenden Fischen, Fröschen, Kröten, Molchen, verschiedensten Krebsarten und was die Chinesen sonst noch gerne verzehren, und das ist eigentlich alles. Außer Käse und Quark – dem Chinesen wird unverständlich bleiben, was man an Milch in verschiedenen Fäulnisgraden lecker finden kann. Und dann die Überbeschäftigung in der chinesischen Gastronomie. In jedem Restaurant standen zwei bezaubernd uniformierte junge Frauen neben dem Eingang, eine dritte kam sofort, einem einen Tisch zu zeigen, dann kam noch eine andere, die die Karte brachte und so weiter.

Und jedes Mal geschah das Gleiche: Kaum waren wir mit dem Kinderwagen reingekommen, da nahmen sie Ella aus dem Wagen und begannen mit ihr rumzutanzen. Sie wechselten sich ab, gaben das Baby weiter und weiter, wir saßen an dem Tisch, versuchten, irgendwas Harmloses zu bestellen, was dann meist auf Reis, fàn, und grünes Gemüse, qìngcài, hinauslief. Aber wir hatten immer ein schlechtes Gefühl dabei. Es ist nun mal so: die Chinesen essen einfach alles. Und so wenig wir von ihren Ernährungsgewohnheiten wissen, so wenig haben sie eine Ahnung von unseren. Wir saßen da, die tanzenden Uniformierten waren mit dem Baby in der Küche verschwunden, und wir hatten Angst, dass wir unseren Sonnenschein süßsauer mit Reis und grünem Gemüse serviert bekämen. Aber wir hatten Glück, immer erhielten wir Ella heil zurück. Dann war da noch der chinesische Buchhändler, der uns auf der Jangtsekiang-Fähre mit einem chinesischen „Heil Hitler!“ samt ausgereckter Rechter begrüßte. Auf dieser Jangtsekiang-Fähre, auf der alle ihren Müll über Bord warfen. Der Fluss war schließlich breit und führte viel Wasser. Diese Entsorgungstechnik widersprach natürlich Heidis Umweltbewusstsein. Deshalb sammelte sie die Polysterol-Teller, die Verpackungen, allen Müll in einer Plasttüte, die sie neben die Tür unserer Kabine hängte. Das Schiff fuhr von Wuhan nach Shanghai und mehrere Mädchen übten Geige für das Konservatorium dort. Ich stand an der Reling, als die Putzfrau, oder wie immer man die Zimmermädchen auf Schiffen nennt, unsere Kabine sauber machte. Ohne einen Moment zu überlegen, warf sie den Müllbeutel in hohem Bogen über Bord, während die Geigen dünne Melodien über den Gelben Fluss sandten.

Das wirkliche Wunder, das mir dann in Shanghai widerfuhr, war eigene Schlagfertigkeit. Ich bin durch ländliche Herkunft und oben erwähntes Schrumpfhirn etwas langsam. Das irritiert immer wieder Leute, die von einem Autor geistige Spritzigkeit erwarten, aber bei mir dauert alles ewig, ich habe eine lange Leitung. Die Leute wollen es gar nicht glauben, dass ich so schwer von Kapee bin. Umso seltener ist mir eine schlagfertige oder witzige Antwort vergönnt, aber dass es ausgerechnet in Shanghai auf Chinesisch klappen sollte, und das bei meinem eingeschränkten Wortschatz, das ist schon ein wirkliches Wunder. Aus irgendeinem Grund wusste ich, dass „bao“ satt heißt und wenn man die Silbe „le“ ranhängt, heißt das „Bin schon satt!“ Ich war den ganzen Tag durch Shanghai gestreunt, um die dortigen Nicht-Windeln zu fotografieren. Die Chinesen-Kinder hatten keine Windeln um, sondern Hosen, die Arsch und Pipimatz oder das weibliche Gegenstück frei ließen.

Und so war ich auf einen Markt geraten, wo sie alles feilboten, was sie gern aßen. Es gibt ein Sprichwort: „Die Chinesen essen alles, was vier Beine hat, außer den Tisch, sie essen alles was in der Luft fliegt, außer dem Flugzeug, und alles was im Wasser schwimmt, außer dem Schiff.“ Da waren also die Käfige mit Affen, die Bärennasen, die Schildkröten, Ameisenbär-Eier, Panda-Braten, vieles lebte noch. Ein Händler machte sich seinen Spaß mit mir, als er mir einen Eimer winziger Kröten andrehen wollte, sie waren jeweils so klein wie ein Fingernagel. Er setzte mir eine auf die Hand und alle Umstehenden kicherten und da kam meine Chance. Ich sagte: „Bao le!“ Und alle mussten lachen. Das war mein Moment, vor zehn Jahren.

FÜR EINE HANDVOLL DOLLAR

GABRIELE DAMTEW

Wir stiegen kurz vor dem Kontrollpunkt an der Brücke aus. Die Wagentür des rabenschwarzen 53er Cadillac ploppte sanft zu. Auf der anderen Seite würden sie auf uns warten. Sagten sie. Wir waren nun auf uns allein gestellt. Die Mittagssonne knallte auf unsere Köpfe und ließ keinen Gedanken mehr zu, nur noch Verlustängste. Würde man sie beim Schwarztaxifahren mit uns erwischen, wäre ihre Karre hin. Beschlagnahmt. Weg. Für immer oder ewig. Wir gingen an den ersten Posten vorbei, die das schöne Varadero vor dem Rest der Kubaner beschützten. Würden wir je Havanna erreichen?

Es war Mitte der Neunziger. Castro hatte gerade alle Huren Havannas verhaften lassen und die USA sagten ihm das nahende Ende seines Kubas voraus. Das kurbelte die kubanische Tourismusindustrie nochmal so richtig an. Auch mein Freund kam nicht an einem Reisebüro vorbei, das auf kurzentschlossene Kunden aus war. Als er wieder rauskam, war klar: Wir würden das sozialistische Inselparadies betreten, ehe dort schmierige Festlandamerikaner und schießwütige Exilkubaner wieder das Sagen hätten. Noch fideler stimmte uns der Preis von einem Tausender Deutschmark pro Person inklusive Flug und Hütte am Strand. Billig und romantisch. Fische fangen und das Kreuz des Südens suchen bis der Havana Club, 7 años, uns erst erschöpfen und dann wieder zur Besinnung bringen würde.

Nachts am Flughafen von Havanna blinkten keine Sterne. Wir standen in der riesigen Waschküche wie bestellt und nicht abgeholt. Eigentlich nicht mal bestellt. Unsere Hütte gab es seit dem letzten Hurrican nicht mehr. Der lag ein dreiviertel Jahr zurück. Prima Reisebüro. Jetzt hielt uns der realexistierende Tourismus in seinen Klauen. Wir stiegen also erstmal in den Abholerbus zu den Passagieren, die wir schon nach einer von zehn Stunden Flug hassen gelernt hatten. Weitere drei Stunden Fahrt zur Halbinsel Varadero lagen vor uns. Nach und nach stiegen die All-Inclusives im Fünfminutentakt entlang der Hotelketten aus. Für die emsigen Reiseleiter waren wir Luft, wenigstens taugten unsere Billig-Voucher noch als

Fächer. Allein mit dem Fahrer und dem Abschnittsbevollmächtigten für ungelöste Touristenfälle blieben wir zurück. Plötzlich ging ein solidarischer Ruck durch den Mann und den Bus und wir hielten in völliger Dunkelheit vor einem Flachbau. Es war entschieden. Das Hotel für kubanische Bestarbeiter sollte in den nächsten zwei Wochen unsere bescheidene Herberge sein, Mahlzeiten exclusive.

Wir atmeten erleichtert auf.

Am anderen Ende der Brücke ließen uns die Compañeros von der Miliz passieren. Mit festem Gleichschritt und einem freundlichen Gruß auf den luftfeuchten Lippen hatten wir uns an ihnen vorbeigestohlen. So leicht war es, dem Paradies zu entkommen. Ich ließ meinem Schweiß freien Lauf, der aus ärmellosen Achseln endlich auf Arbeiter- und Bauernboden tropfte. Das Abenteuer konnte beginnen. Zweitausend Schritte weiter wartete der Schwarm eines jeden Autoliebhabers, zumindest äußerlich betrachtet, auf uns. Wir würden von nun an die Küstenstraße meiden und über die Dörfer im Inneren nach Havanna vordringen, wenn wir erst mal Benzin hätten. Aha. An einem Flughafen für Kleinflugzeuge machte der Fahrer mit dem angeborenen Organisationstalent nach einer weiteren Stunde den Deal perfekt. Der kostbare Stoff rann per Kanister in den Tank und wir tuckerten fröhlich durch die knallgrüne Tropik. Ab und zu vernahm ich trotz des Motorengeräusches das leise Knistern der Dollarnoten in meinem BH.

Es war schon unsere zweite Fahrt nach Havanna. Die erste war von der allgegenwärtigen staatlichen Cubatur organisiert worden. Obwohl als einzige Ausländer im Hotel schwer zu übersehen, glaubten wir uns doch zuweilen vergessen. Ein Trugschluss. Drei Stunden hin, drei zurück, drei in der Stadt, eine davon zur freien Verfügung. Trotz dieser Ansage waren wir sofort nach der Stadtrundfahrt ausgestiegen, unter den kritischen Blicken der Genossin Reiseleiterin und ihrer Mahnung, die Abfahrt nicht zu verpassen. Endlich frei.

Entspannt bewunderten wir die zerbröckelnden Kolonialstilbalkone, als mir mein seidenes Schultertuch aus der Hand gerissen wurde. Wir rannten wie die Verrückten hinter dem kleinen Fahrraddieb her, immer tiefer hinein in die Vieja, die Altstadt. Wir gaben nicht auf, ohne die zunehmende Jugendkriminalität in den Großstädten zu beklagen. Nach einer weiteren Stunde Spazierens in praller Sonne hatte ich endlich den dazugehörigen Sonnenbrand auf den Schultern und Schwindelgefühle entwickelt. Da zog mich jemand plötzlich in einen Innenhof. Kaum wieder bei Sinnen, wurde ich gezwungen, Unmengen klaren Wassers zu schlucken. Um mich nur schreiend bunte Schürzen, die an runden Leibern klebten. Ich reagierte instinktiv und warf ihnen sofort einige Stücke Lux-Seife in den Schoß, die ich für Notfälle immer bei mir trug. Im Austausch dafür wurde ich so lange und herzlich an solide Busen gedrückt, bis mir wieder die Luft wegblieb. Nach Atem ringend, schaute ich gen Himmel. An einer Leine flatterte mein frisch gestohlenes blaues Tuch frisch gewaschen vor sich hin. Fröhlich sein und singen … Mein Freund hielt dagegen einen geordneten Rückzug für klüger, und wir gerieten schnell wieder in den Sog unserer Busgruppe, die sich schicksalsergeben von Bar zu Bar hangelte. Schon war der Plan in uns gereift, in diese Stadt zurückzukommen, dann aber auf eigene Faust.

Gegen Mittag erreichten wir im immer klappriger klingenden Cadillac doch noch die City und wurden auf dem Platz am Capitol ausgesetzt. In zwei Tagen sollte uns der Fahrer hier wieder treffen. Uns blieb nur diese Hoffnung. Zugfahrscheine gab es nur bei Voranmeldung und die überfüllten Bushaltestellen waren nicht zu übersehen. In den zyklisch und unzyklisch auftretenden Spezialperioden gab es kaum Sprit. Zwar sprudelten überall am Wegesrand kleine Ölquellen, das Petroleum war aber so minderwertig, dass nicht einmal die Yankees Grund zur Invasion sahen. Da standen wir nun rum mit unserem Spanisch, das so mies war wie das Englisch der Bauernfänger am Platze. Margarita kam uns als persönliche Reiseleiterin wie gerufen. Außer kubanischem Hochschulenglisch hatte sie klare

Angebote auf Lager. Sie kannte ein billiges „Privat-Restaurant”, uns knurrte längst der Magen. Sie besorgte uns eine Unterkunft für die Nacht, schwarz und mit Familienanschluss. Für den Abend lud sie uns in ihre Wohnung ein, einem Loch mit einer Kemenate für ihren kleinen Sohn. Später kam ihr Mann von der Arbeit auf den Zuckerrohrfeldern für das Wochenende heim. Mein Freund und ich versuchten uns nützlich zu machen: Er machte sich mit ihm und drei leeren Flaschen auf die Suche nach Rum in die stromgesperrten Gassen, ich las mit Margarita die Steine aus der monatlichen Reisration. Sie zeigte mir Fotos ihrer nach Florida emigrierten Familie, ich eines unserer einjährigen Tochter im thüringischen Exil. Als die Männer weiter auf sich warten ließen, kupferte sich die wegen Materialmangels arbeitslose Textildesignerin noch flink die Schnittmuster meiner Oberbekleidung ab. Wir gingen gerade zu den Untertrikotagen über, als die Männer mit reicher Beute heimkehrten. Der weiße Rum erschien uns wie ein strahlendes Licht am verdunkelten Revolutionshimmel. Nur noch schnell Wasser vom Hahn im Innenhof holen. Was folgte, war ein beschwingter Abend, an dem das Wort „Che“ nicht einmal fiel, jedenfalls soweit ich mich erinnern kann.

Sechsunddreißig Stunden später hatten wir die ganze Stadt zu Fuß erlaufen, ohne es je in ein Nahverkehrsmittel geschafft zu haben. Wir hatten stolze und weniger stolze Menschen getroffen, den Sportunterricht der ABC-Schützen auf offener Straße erlebt, in der besten Eisdiele der Stadt nach Gefrorenem angestanden, den kinderreichen Bewohnern des Villenviertels Vedado zugewunken, feisten Funktionären zugehört und leere Warenhäuser durchwandert. Wir hatten die Leichtigkeit von Menschen bestaunt, die es schwer haben und hatten nun selbst ein Problem. Unser Fahrer war nicht aufgetaucht, Motorschaden. Wie jetzt zurückkommen, ohne zu großen Ärger für uns oder andere heraufzubeschwören? Wir waren so gut wie abgebrannt und begannen uns nach der Bande vom Strand zu sehnen, die uns dort mit dem Lebensnotwendigsten billig versorgt hatte – mit Rum, Zigarren, frischem Fisch und unverbrüchlicher

Freundschaft. Ohne die Einheimischen von der Lagune waren wir so verloren wie die volkseigenen Destillen für die Bacardi-Familie.

Jetzt waren wir es, die verzweifelt vor den Touristenbars herumlungerten und Leute anquatschten. Nichts. Wir freundeten uns mit einem Nüsse feilbietenden Mathematikprofessor an, der sich mit Wahrscheinlichkeitsrechnung auskannte. Erst recht nichts. Rettung versprach uns dagegen ein Verkäufer durch den Erwerb von kleinen Santería-Göttern, mit Garantie auf Wirkung. Ein Schwarztaxi zurück, riefen wir Changó und Yemayá an. Da erschien plötzlich, wie aus dem Nichts, ein Bus von Cubatur. Der Fahrer bestätigte uns auf Nachfrage den Zielort. Die Reiseleiterin wollte erst nichts von uns wissen, überlegte es sich aber anders: „Aus welchem mit uns befreundeten Land kommen Sie? Was machen Sie allein in unserer Hauptstadt Havanna? Zu welcher Touristeneinheit gehören Sie?" Wir versuchten ihr weiszumachen, unseren Tourbus verpasst zu haben. Die weitsichtige Dame glaubte uns kein Wort, hatte aber freie Plätze. Wir zahlten nach zähem Ringen unsere letzte Handvoll Dollar und quartierten uns auf der Hinterbank des vollklimatisierten Rentnerbusses ein, dessen französische Insassen beschwipst von Hemingway-Mojitos nacheinander einnickten.

Stunden später, halberfroren und über hundert Kilometer vom wirklichen Leben entfernt, passierten wir unaufhaltsam die Brücke ins Paradies.

AUF DEM WEG NACH IRGENDWO

JAKOB HEIN

Das Schlimmste an Mallorca war ja wohl eindeutig, dass es ein Urlaubsort war, den ich geheim halten musste. „Wir fahren in den Urlaub", sagte ich und versuchte dabei so optimistisch zu gucken, dass die Leute vollkommen vom Optimismus in meinem Blick abgelenkt wurden. Danach sollten sie rhetorisch fragen: „Da freust du dich bestimmt schon sehr?" und ich wollte antworten „Yippie!". Aber leider funktionierten die Leute nicht so, wie ich das wollte. Zwar imitierten die Leute mein freudiges Gesicht und schauten mich ganz begeistert an. Aber die erste Frage hieß ausnahmslos: „Und, wo fahrt ihr hin?" Jetzt war der Spaß vorbei. Ich konnte entweder tapfer oder trotzig gucken, oder weiterhin optimistisch – nun allerdings der Optimismus des schwer Kranken, der sich trotzdem über sein Leben freuen möchte. Ich versuchte auch gar nicht erst, „Auf die Balearen" zu antworten. Das letzte Mal, dass jemand, der auch nicht zugeben wollte, dass er nach Mallorca fährt, mit „Balearen" durchkam, war bestimmt auch schon zwanzig Jahre her. Ich sagte gleich: „Mallorca". Später sogar „Malle", um damit auf ironische Weise meine Distanz zu allen Mallorca-Touristen zum Ausdruck zu bringen, die ohne Sinn und Verstand über diese herrliche Kulturinsel trampelten und von denen ich mich stark unterschied.

Von dieser Antwort an wurde das eben noch harmlose Urlaubsgeplänkel ernst. Die Reaktion auf „Mallorca" ähnelte tatsächlich in vieler Hinsicht der Bekanntgabe, eine seltene, schwere Krankheit zu haben. Ein erschrockenes „Oh!", war die häufigste Reaktion und ich hatte das Gefühl, die meisten hatten einige Mühe, ein nachfolgendes: „Ihr werdet das schon schaffen!" zu unterdrücken. Der grenzenlose Urlaubsoptimismus war so weit weg wie ein Clown auf einer Beerdigungsfeier. Viele versuchten dann, mir Mut und Trost zuzusprechen: „Ich hab gehört, da soll es ein paar ganz schöne Ecken geben." klang so wie: „Ich hab gehört, er soll ein sehr guter Operateur sein." „Freunde von mir waren dort und denen hat es sehr gut gefallen." erinnerte stark an: „Man kann auch ohne Alkohol lustig sein." oder „Wir können doch weiter Freunde bleiben." Einer, der sich etwas besser auskannte, sagte: „Erträglich ist es eigentlich nur im Norden. In welchen Ort genau fahrt ihr?" Ich blickte ihn mit der Verständnislosigkeit eines Schafes an und antwortete dann: „Yippie!"

Wir hatten Urlaub, wir wollten weg, wir wollten dem kalten Eisengriff des Spätherbstes trotz aller Vorliebe für kalte, dunkle Nieseltage etwas entkommen und wir wollten nicht so lang unterwegs sein. Wenn ich das dem Internet mitteilte, schlug es mir Mallorca oder Länder vor, in denen täglich ein Bombenanschlag verübt wurde. Da ich dem Begriff „last minute" keine neue, persönliche Bedeutung geben wollte, wurde es Mallorca. Ich dachte so: Die ganzen stinkreichen Prominenten, die die ganze Welt gesehen haben und sich dort ein Haus bauen, die vielen Millionen Touristen, die werden doch nicht alle bescheuert sein. Wobei ich mich natürlich auch wieder fragte, seit wann ich Claudia Schiffer und Jürgen Drews als intellektuelle Führungspersönlichkeiten betrachtete. Und ich dachte, dass die ganzen Verrückten im November schon weg sind. Die ganzen Sangria-mit-Strohhalm-trinken-Ballermann-Gröl-Fick-Verrückten schon weg sind.

Ein Blick in die Wartehalle des Flughafens ließ hoffen, es war angenehm leer. Auch die Stewardess sagte, es sei sehr viel Platz im Flugzeug, weil nur fünfzig Leute fliegen würden. Leider sagte die Stewardess danach noch mehr und zwar über die Mikrofonanlage. Sie sagte nämlich, das Flugzeug habe ein Leck in der Hydraulikleitung und deswegen würde sich der Abflug etwas verzögern. Dann sagte sie, das Flugzeug habe ein großes Leck in der Hydraulikleitung und deshalb würden wir mit einem anderen Flugzeug fliegen. Dann sagte sie, das andere Flugzeug sei leider verspätet aus Stuttgart abgeflogen. Und als wir eigentlich schon eine Stunde in Mallorca waren, sagte sie, wir könnten jetzt in das Flugzeug einsteigen.

Wir machten uns Vorwürfe, weil wir mit unserem kleinen Sohn unterwegs waren. Wie würde er die Belastung der späten Flugreise verkraften? Was könnten wir für ihn tun? Das waren alles völlig unnötige Erwägungen. Ihm ging es nämlich von allen Passagieren am weitaus besten. Er rannte fröhliche Runden durch die Sicherheitssperren, schaute den Flugzeugen beim Starten und Landen zu und ließ sich von fremden Leuten Kekse und Bonbons schenken. Die Erwachsenen hingegen setzten sich an die Bar, wo sie sich mit Alkohol und Nikotin betäubten oder saßen lethargisch im Neonlicht der Wartehalle, im Gegensatz zu Karl ganz und gar missvergnügt. Da es von alters her Gesetz ist, dass jedes Kind, das fröhlich und unbeschwert umherläuft, von einem griesgrämigen Erwachsenen verfolgt wird, der probiert, es aufzuhalten, schlich ich hinter Karl hinterher. Das war um ein Vielfaches besser, als mit dem Hintern in den Plastikstühlen anzubacken. Außerdem konnte ich so meine Mitreisenden schon mal kennenlernen.

Anfänglich hatte Karl noch keinen großen Radius, also lernte ich erst einmal die nächste Sitzreihe kennen. Hier saßen drei Personen, die alle den gleichen Haarschnitt hatten und es waren keine Skinheads. Sie trugen ultrakurzen Pony vorn und auch eine Art Pony hinten, also die Haare des Hinterhaupts berührten knapp den Kragen, jedoch war der Nacken wohl ausrasiert. In der Mitte befanden sich recht kurz geschorene rote Locken. Sie waren offensichtlich Mutter, Vater und Sohn. Und sie waren siebzig, siebzig und vierzig Jahre alt. Die Mutter wäre als Alleinreisende nicht weiter auffällig gewesen. Sie war eine rüstige Frau in der Jahreszeit, die man gern den Herbst des Lebens nennt, obwohl die Früchte schon geerntet, die Blätter schon gefallen, die Bäume kahl und windzerzaust sind und man bei einem schicksalhaften Klingeln an der Tür nicht mal mehr den Weihnachtsmann erwartet. Aber sei es drum: eine Frau in den besten Jahren. Der Mann jedoch war schon kurios. Er trug eine zweigeteilte Brille, jedoch nicht die übliche Gleitsichtbrille, sondern das rechte Brillenglas bestand aus aschenbecherdickem, klarem Pressglas und das linke aus aschenbecherdickem, braunem Pressglas. Zusammen mit seiner Windjacke, die er aus den achtziger Jahren gerettet hatte und den Kunstledersandalen fügte sich das zum Gesamtbild eines Wahnsinnigen. Der Sohn war schließlich die Härte. Obwohl man erkannte, dass er viel jünger war, sah er jetzt schon wesentlich älter aus als sein Vater. Der blickte auf ihn von oben herab, voller Stolz darüber, dass er noch ein Weibchen in seine Höhle schleppen konnte, was dem Sohn sicher nie vergönnt sein würde. Natürlich war das nur das Verdienst der vergangenen Zeit, als es noch die guten, alten Zwangsehen gab, dennoch konnte sich der Vater vor Triumph kaum zurückhalten. Der Sohn schaute die ganze Zeit wieselartig aus der Höhle seiner Windjacke zu ihm auf und streichelte die teure Rassekatze, die er in einer edlen Rassekatzen-Reisetasche mit sich führte. Ich konnte mich nicht entscheiden, ob er vielleicht nur etwas naturtrüb oder einfach Ingenieur war. Ersteres wünschte ich ihm, weil er dann sein Schicksal sicher leichter ertragen könnte. Als Karl sich der Familie näherte, brüllte ihm die Mutter plötzlich ein hasserfülltes: „Nein" entgegen. Wahrscheinlich entlud sich ihre ganze Frustration über ihre Zwangsehe und das Wissen über die Unmöglichkeit von Enkelkindern. Karl wich zurück, ich auch. Was sich in dieser Reisegesellschaft abspielte, wollte ich noch nicht einmal in meiner Fantasie wissen.

Direkt hinter uns saß ein Exemplar der bösen Oma. Die böse Oma ist ein überall anzufindendes Produkt, es gibt sie in verschiedenen Ausführungen. Wo sie herkommt, wo sie hingeht, keiner weiß es. Aber wegen ihres hohen Verbreitungsgrades wird spekuliert, dass die böse Oma so eine Art Nebenprodukt der Barbie-Produktion ist. Für jede Barbie, die gepresst wird, entsteht auch eine böse Oma, die in die Welt zieht. Quasi ein Dorian-Gray-Bildnis der immer schlanken, immer fröhlichen, immer jungen Puppe aus Kalifornien. Die böse Oma ist all das nicht, vor allem aber ist sie schlecht gelaunt. Unsere hatte eine so perfekte Kurzhaardauerwelle auf dem Kopf, dass nicht zu entscheiden war, ob sie eine unsichtbare Netzhaube darüber trug (was hatte sich getan auf dem Netzhaubenmarkt in den letzten Jahrzehnten?) oder ob sie sich die Frisur kurz vor der Abreise aufgesetzt hatte. Dazu trug sie eine markante schwarze Hornbrille und ein irgendwie zeitloses Leinenkostüm. Ich fragte mich wieder, wo es diese Art von Bekleidung eigentlich zu kaufen gibt. Und woher weiß man als Oma, was in diesem Jahrzehnt gerade aktuell ist? Man sieht die Sachen nie in einem Laden und doch trägt sie jede Oma. Da sie das Zeug ja wohl nicht über das Internet bestellen, bleiben eigentlich nur noch die Kaffeefahrten. Jedenfalls nahm unsere ihre Verpflichtung als böse Oma sehr ernst und schimpfte ununterbrochen vor sich hin. „Das ist doch schlimm hier. So etwas habe ich noch nie erlebt. Und die vielen Kinder, dadurch wird es ja unerträglich.“ Die böse Oma hatte natürlich auch ihren unverzichtbaren Kompagnon dabei, der zur bösen Oma gehört wie Robin zu Batman oder wie eben Ken zu Barbie: der besänftigende Opa. Er saß neben ihr und sagte immer: „Nun reg dich nicht auf.“ oder „Wird schon werden.“ Als zur Entschuldigung für die Verspätung Fresspakete gebracht wurden, stellte man sie bei unserer bösen Oma ab. Die rannte sofort dorthin, nahm sich drei Portionen und griff tief in das Schokoladenkörbchen. Dann setzte sie sich hin und mümmelte unzufrieden überlegend. Erst nach einer Weile fiel ihr was ein, richtig erleichtert sagte sie: „Die könnten das ruhig ansagen, dass es was zu essen gibt.“ „Ja“, pflichtete ihr Opa bei.

Etwas weiter saß ein Mann, der mir schon beim Einchecken aufgefallen war. Er hatte eine Aktentasche getragen, während seine Frau sich mit vier schweren Taschen abschleppte. Als sie sich bei ihm beschwerte, hatte er sie angebrüllt, warum sie auch so viele Taschen mitnehmen würde, jetzt könne sie selbst die Konsequenzen tragen. Mittlerweile hatte er schon einige Gläser getrunken und seine Gesichtszüge waren entspannt, was ihn nicht schöner machte. Durch den hohen Ansatz der schwarz gefärbten Haare, die vollkommen konturlose Oberlippe und die blitzenden Knopfaugen sah er aus wie ein Schimpanse, aber wie ein sehr unfreundlicher Schimpanse, der einzige Schimpanse, mit dem man im Fernsehen nichts gegen Vernichtung von schimpanesischem Lebensraum hätte ausrichten können. Weil er jetzt in guter Stimmung war, machte er „Kommt eine Frau beim Arzt“-Witze und lachte laut. Neben ihm saß seine Frau und konnte sich seinen Rücken ansehen. Schließlich interessierte ihn noch die letzte uringetränkte Staubflocke auf dem Flughafenklo mehr als seine Frau. Sie war eine große schwarze Frau mit riesigen Augen, strahlend weißen Zähnen und einer kraftvollen Stimme. Sie sah großartig aus und sicherlich fragte sie sich selbst, wie sie an diesen ungekrönten König aller Ekel gekommen war. Auf ihrem Schoß befand sich die größte Keksdose, die ich jemals gesehen hatte und während der Wartezeit aß sie die Kekse darin auf. Ich bin mir ziemlich sicher, weil Karl dort mehrfach vorbeiging, um ihr vielleicht vier von den Hundert Keksen wegzuessen. Sie wird sich gesagt haben: „Gut, er hat mich, aber er bekommt nicht den Körper, den er sich wünscht."

Ihm war das im Moment vollkommen egal, weil er sich viel mehr für eine andere Frau interessierte. Die hatte ihre Haare ganz offensichtlich noch einmal frisch frisiert, trug einen neonroten Pullover, dessen V-Ausschnitt in seinem tiefsten Punkt ihren Bauchnabel zeigte, eine Jeans, zu welcher der Verkäufer begeistert geschrien haben musste: „Also *Sie* können sich das noch leisten!" und ein Paar Stiefeletten. Entweder wusste sie nicht, wie man sich Männer vom Leib hielt oder sie hatte andere Ziele. Wahrscheinlich war Letzteres, denn obwohl auch der von seiner Schimpansenmutter verstoßene Bastard fast schon auf ihren Schoß sabberte, hatte sich ein anderer neben sie gestellt. Der sah nur anfangs verklemmt aus, so ein farbloser Anzugträger mit Aktentasche. Aber nachdem er ihr einige Runden Champagner ausgegeben hatte, hatte er schon die Hand auf ihrer Schulter, nach weiteren einem Glas auf der Hüfte, nach noch einem auf dem Hintern. In der scheinbaren Abgelegenheit ihrer Sitzreihe knutschten die beiden später wie Teenager.

Etwas abseits an der Bar saß ein Mann, den alle schon Erwin nannten. Er brüllte ab und zu einen mehr oder weniger zusammenhanglosen Satz durch die Wartehalle. „1985 eine Million in einem Monat. Aber jetzt klappt das auch nicht mehr so." „Wenn ich noch jünger wäre." und „Mir macht das hier nichts aus. Seit acht Monaten schlafe ich nur noch mit Schlaftablette. Ohne kann ich vier Tage wach sein am Stück." Dann lachte der Rest der Gesellschaft über Erwin, weil sie sich einbilden konnten, dass er dümmer war als sie. Das musste sie glücklich machen.

Am unheimlichsten war mir persönlich der extrem sprechbereite Araber. Er ging umher und man konnte fast nichts dagegen tun. Karl schaute gerade aus dem Fenster auf irgendwelche Spezialfahrzeuge, die blinkten und piepten, als er sich ein paar Meter weiter einer sicher dreißig Jahre jüngeren Frau vorstellte, erzählte, dass er Komponist sei, dass er schöne Musik komponiere, dass er ihr Gesicht wunderschön fände, dass er ein riesiges Zimmer mit Doppelbett habe, dass er darin allein schlafe, aber dass er ja die andere Hälfte mit den Gedanken an ihre Schönheit füllen könne. Selbst ich wurde bei dem Gespräch rot und ich gab ja vor, mich für die Spezialfahrzeuge des Flughafens zu interessieren. Die Frau befand sich in einer üblen Lage. Sie hatte anfangs sehr freundlich mit dem Mann geredet, wahrscheinlich weil sie in irgendeinem Seminar über die Vorzüge von kultureller Offenheit diskutiert hatte. Jetzt suchte sie mit der Verzweiflung einer Fliehenden Auswege aus diesem Gespräch. Wäre der Mann nicht das gewesen, was er war, sie hätte nur noch überlegt, ob sie ihm Gewalt antun oder ihn anzeigen sollte. Ich nahm mir vor, dass, wenn mich der sprechbereite Araber ansprach, ich beide Hände vor die Ohren legen und mit dem lauten Ruf „Nein, nein!“ weglaufen würde. Man konnte bei manchen nicht sicher genug gehen.

Das war meine Reisegesellschaft. Ich hatte gehofft, dass wir unsere Ruhe haben könnten. Aber offensichtlich war es nicht so, dass im November weniger Verrückte nach Mallorca fuhren, sondern dass die Creme de la Creme des Wahnsinns, die Elite des Irrsinns dorthin fuhr, die auf normale Sangria-Trinker und Jogginghosen-Träger nur mit dem müden Lächeln der Vollprofis herabsah. In der Zeitung liest man immer, man soll Zivilcourage besitzen und im Interesse der Sicherheit aller rechtzeitig Bescheid sagen, wenn einem bei Flugreisen etwas Ungewöhnliches auffällt. Doch wo hätte ich hier anfangen, wo aufhören sollen? Ich schaute in die Runde der Reisenden und danach in Richtung des Bodenpersonals. Es war aussichtslos.

Wenn mich in Zukunft jemand fragt, dann werde ich „Spanien“ sagen, so lange, bis auch das nicht mehr geht. Und später dann, „Europa“. Aber niemals wieder werde ich zugeben, dass ich nach Mallorca fahre.

WAS WILL ICH IN SPANIEN
WENN ICH KEIN WORT
SPANISCH SPRECHE

MARION „RIGOLETTI“ PFAUS

Das Kind braucht Urlaub mit seiner Mutter, deshalb fliegen wir morgen nach Spanien. Für wie lange? Eine Woche. Wir werden zelten. Jippie!

Das Kind begibt sich sofort in sein Zimmer, um zu packen. Sein Wunschgepäck sind Bücher, Puzzles, CDs und Bälle. Das geht nicht, wir können das nicht alles mitnehmen. Blödmann, Scheißarschmama. Das Kind wird ohne Essen ins Bett geschickt.

Mein Kind und ich steigen ins Flugzeug nach Spanien. Es ist sehr heiß in Spanien. Mitten in Spanien mitten unter Spaniern schlagen wir unser kleines blaues Zelt auf, um darin zu liegen oder davor zu sitzen, und rühren im Alutopf Dosennahrung mit Sand zusammen.[1] Unsere Zeltnachbarn, spanische Dauercamperfamilien, halten sich fast den ganzen Tag in ihrer Wohnwagen-Zelt-Gruft auf, wo sie sich vor der Sonne schützen. Wir schützen uns mit dem Sunblocker von Aldi für drei achtundneunzig. Die Spanier beschäftigen sich hauptsächlich mit Nahrungszubereitung und Fernsehen, das den ganzen Tag spanische Fernsehsendungen auf Spanisch sendet. Wir verbringen den Tag am Strand und bauen Burgen, gehen baden, mit einer Luftmatratze Wellenreiten und essen Eis. Trotzdem findet das Kind seine Mutter blöd. Gut, dann gibt's halt kein Eis. Etwa um zwölf Uhr treffen auch die spanischen Dauercamperfamilien am Strand ein. Die Spanierin trägt einen weißen Plastikstuhl und eine große Tasche. Der Spanier trägt einen weißen Plastikstuhl, einen Sonnenschirm, eine Schaufel und eine große Tasche. Die Kinder tragen Schwimmbrillen, Schwimmbretter, Bälle und Holzschläger. Der Spanier annektiert ein Stück Strand, in dem er mit der Schaufel ein großes Loch gräbt und darin den Sonnenschirm festklopft. Darunter legt die Spanierin ein Handtuch und die Spielsachen für die Kinder aus, die sich sofort in Richtung Wasser wegbewegen und von ihren Eltern letzte spanische Parolen zugerufen bekommen. Der Spanier setzt sich mit seinem Stuhl in den Schatten und liest die Zeitung. Dann platziert die Spanierin ihren weißen Plastikstuhl, dessen Sitzfläche sehr weit unten ausgeklappt wird. Sie streckt die Arme waagerecht nach vorne, geht langsam in die Hocke, lässt sich im richtigen Moment fallen und sitzt. Verpasst sie diesen Moment, kann es sein, dass der Stuhl knackt und die Lehne bricht. Wenn ein Kind darüber lacht, wird es geschlagen. Die Kinder werden überhaupt oft geschlagen, vorzugsweise auf den Hintern, gelegentlich auf den Mund. Gegen vierzehn Uhr verlassen die spanischen Familien den Strand. Dann gibt es dort keine schreienden Kinder, keine Sonnenschirme und keine weißen Plastikstühle mehr, nur die kaputten. Wenn wir am späten Nachmittag zum Zeltplatz zurückkehren, sitzen die spanischen Familien wieder unter ihren Zeltvorbauten, die Fernseher laufen, und es wird gegessen. Bis in die Nacht hinein essen sie und schauen fern, trinken und lachen, während wir schon lange in unserem Zelt liegen und schlafen. Die vielen spanischen Fernseher schläfern uns ein. Nacht für Nacht. Nur einmal schrecke ich auf, denn aus dem Spanischgeräusch schält sich plötzlich etwas Konkretes heraus. Ein Fernseher zählt. Der Fernseher zählt immer wieder: *un dos tres cuatro cinco seis siete ocho nueve diez once doce*. Dann johlt und applaudiert er. Ich lerne also doch noch ein bisschen spanisch, sozusagen im Schlaf. Überhaupt eignen wir uns in dieser Woche einiges an spanischer Kultur an. Schon am dritten Tag kaufe ich einen Sonnenschirm und eine Schaufel. Am fünften Tag hat mich mein Kind endlich dazu überredet, auch zwei Holzschläger und einen Ball zu kaufen. Wir spielen Beachball. Das Kind sagt Bitchball. Oft überlege ich, das Kind ebenfalls zu schlagen, wenn es „Arschloch" oder „Fuck you" oder „Wichser" oder „Leck dich doch am Arsch" oder „Du bist ein fuck-your-mother" sagt. Aber stattdessen korrigiere ich es. Das heißt: „Leck mich am Arsch" oder „Leck mich doch am Arsch", und „Wichser" sagt man eigentlich nur zu Männern, zu Frauen musst du „Fotze" oder „Du alte Fotze" sagen. Auch erkläre ich ihm, dass er zu mir allenfalls „Fuck you mother" sagen sollte, statt „Fuck your mother". Hier müssen Fehler zeitig unterbunden werden. Eine Freundin von mir hat sich mal arg blamiert, als sie einem Amerikaner, der ihr ein „Fuck you" hinterhergebrüllt hatte, ein „Fuck me" zurückbrüllte. „Fuck you" musst du sagen, immer „Fuck you", sage ich zu meinem Kind in Spanien

Als wir nach einer Woche wieder nach Hause fliegen, freue ich mich sehr. Keine staubigen Hände und Füße mehr, endlich wieder auf Stühlen sitzen und endlich wieder im Bett schlafen. Aber kaum liege ich zu Hause im Bett, empfinde ich das als völlig normal. Es ist, als sei ich gar nicht weg gewesen. Da bin ich schon enttäuscht.

1 Hygiene ist reine Gefühlssache

DYNAMO OPFERGANG

JAN OFF

Ich bin gerade dabei, meinen Reisepass von den Spuren vergangener Drogenexzesse zu befreien, als sich das Telefon in mein Bewusstsein fräst. Es ist Schlachtmann.

„Hör zu, wir müssen's abblasen. Ich kann unmöglich mit."

Ich bin einigermaßen verblüfft ob dieser Eröffnung, versuche aber die Form zu wahren: „Wieso? Bist du krank?"

„Nein, mir geht's blendend. Und das soll bitte auch so bleiben. Ich habe zwölfmal die Muscheln geworfen. *Zwölfmal*, verstehst du?! Und Mami hat mir jedes Mal dringend abgeraten."

Nun ist *Mami* nicht etwa Schlachtmanns Frau Mama sondern eine afrikanische Gottheit namens Mami Wata, die vor allem in Voodoo-Kreisen verehrt wird. Schlachtmanns Begeisterung für diese Form der Religionsausübung ist mir nur allzu bekannt. Kaum dass er zwei Jahre zuvor anlässlich einer Ghana-Reise mit einer ihrer Anhängerinnen in Berührung gekommen war, hatte er in seinen Räumlichkeiten sogleich einen überdimensionierten Altar errichtet, auf dem sich handgeschnitzte Götzenbilder, mumifizierte Reptilien und weiterer, mit Babypuder überzogener Nippes tummeln. Dass er sich mittlerweile von Mami und ihren Anverwandten in seine Lebensentscheidungen hineinreden lässt, ist allerdings neu.

„Komm mir bloß nicht mit diesem Mummenschanz", fahre ich ihn an. „Unser Flug geht um halb neun. Um sechs bist du hier!"

„Aber die Muscheln ..."

„Die kannst du in die Fischsuppe werfen! Wenn du nicht antanzt, schick ich deiner Freundin noch heute Nacht 'ne Mail mit diesen Aufnahmen, die wir bei deiner letzten Aftershowparty gemacht haben."

Das ist zugegebenermaßen schweres Geschütz (Wer steht schon darauf, die Bett- und Tischgefährtin mit Bildern konfrontiert zu wissen, auf denen nicht nur eine devote Blondine in SS-Uniform, sondern auch zwei äußerst agile Schäferhunde zu sehen sind?), aber die beklemmende Vorstellung, gänzlich allein durch dunkle, heruntergewirtschaftete Häuserschluchten zu schleichen, rechtfertigt *jedes* unlautere Mittel.

Wie zu erwarten, gibt Schlachtmann klein bei: „Gut, ich bin da. Ich muss allerdings darauf hinweisen, dass uns mit hoher Wahrscheinlichkeit ernsthafte *Schwierigkeiten* bevorstehen."

Dass diese Prognose nicht unbedingt aus der Luft gegriffen ist, zeigt sich bereits auf dem Weg zum Flughafen. Wir laufen mit unserem Regionalexpress zwar pünktlich am Hauptbahnhof Hannover ein, schaffen es nach einem kurzen Sprint sogar noch in die abfahrbereite S-Bahn, müssen aber alsbald feststellen, dass wir die falsche Linie erwischt haben.

„Also nach Langenhagen fährt die hier nicht", lässt sich Schlachtmann vernehmen, während er den ausgehängten Routenplan studiert. Seine Stimme verrät eine beinahe schon aufreizende Erleichterung.

„Nonsens", sage ich und schiebe ihn beiseite.

Aber er hat Recht. Die Bahn, die wir so übereilt geentert haben, fährt nach Laatzen, nicht zum Flughafen.

„Verdammt, was jetzt?", entfährt es mir.

„Tja, vielleicht sollten wir's einfach sein lassen. Ich meine, das ist doch ein weiterer glasklarer Hinweis auf die Unmöglichkeit unseres …"

„Nichts da!", unterbreche ich ihn. „Wir haben immer noch 'ne Dreiviertelstunde. An der nächsten Station steigen wir aus. Dann sehen wir weiter."

Als ob er meine Hoffnung nähren wollte, schickt uns der Allmächtige just in diesem Augenblick eine Zugbegleiterin vorbei.

„Tja", sagt das Opfer langjähriger künstlicher Bräune, nachdem ich unser Problem kurz umrissen habe, „da müssen Sie in der Tat zurück zum Bahnhof. Der nächste Zug geht in zwanzig Minuten."

Oha, das könnte eng werden. Also besser eine Droschke gechartert. Aber natürlich gibt es an dieser Vorortstation, an der wir den gottverfluchten Geisterzug endlich verlassen dürfen, keinen Taxistand. Dafür gibt es einen Zeitungskiosk mit funktionstüchtigem Humankapital.

„Gute Frau, hätten Sie wohl die Güte, uns ein Taxi herbeizutelefonieren. Wir sind in Eile“, rufe ich der Mutti hinterm Tresen zu.

„Bin ich das Sozialamt?“, quäkt die vom täglichen Feierabendkorn malträtierte Vettel.

„Das gewiss nicht, Madame. Aber mein junger Freund hier hat soeben den mäßig verwesten Torso eines sexuell sehr aktiven Nachrichtensprechers gefunden, den wir gern auf der nächsten Polizeistation abgeben würden.“

Keine fünf Minuten später sitzen wir im wohltemperierten Innenraum einer Mercedes-Limousine.

„Verdammt, das hätte ins Auge gehen können“, stöhnt Schlachtmann und beginnt hektisch in einer mitgeführten Plastiktüte herumzukramen.

Als er schließlich fündig geworden ist, hält er etwas in den Händen, das ich im ersten Moment für eine Karnevalsmaske halte. Aber mit Karneval hat Schlachtmann nicht mehr zu tun als das Grundgesetz mit dem Recht auf Lebensfreude. Bei genauerem Hinsehen entpuppt sich der leicht grindige Ballon als lupenreiner Schrumpfkopf.

„Heiland, du hast ja *wirklich* Leichenteile dabei!“

„Keine Sorge, nur eine Nachbildung aus Ziegenleder.“

„Den schmeißt du sofort aus dem Fenster!“

„Niemals! Wenn ich schon ins Verderben geschickt werde, dann nicht ohne meinen Talisman.“

Ich studiere seine rotierenden Augäpfel und entschließe mich, nicht weiter auf dem Thema herumzureiten. Ein guter Befehlshaber muss wissen, wann es an der Zeit ist, Nachsicht walten zu lassen.

Während uns ein Topmodel in der Uniform der Czech Airlines mit international gültigen Flüchen übers Rollfeld treibt, versucht Schlachtmann eine letzte Finte, indem er vorgibt, wichtige Herzmedikamente zu Hause gelassen zu haben.

„Kaufen wir alles in Kiew“, würge ich ihn ab und schleppe ihn im Polizeigriff weiter.

Die hasserfüllten Blicke der anderen Passagiere wirken auf mich wie Beifallsbekundungen. Dass wir es in letzter Sekunde doch noch an Bord geschafft haben, kann nur als gutes Omen gedeutet werden.

Der Rest der Reise inklusive eines Zwischenstopps in Prag verläuft dann auch ohne Zwischenfälle. Kaum dass wir ukrainischen Boden betreten haben, warten allerdings weitere Fährnisse auf uns. Pass- und Zollkontrolle scheinen noch aus einer Zeit zu stammen, in der der landesübliche Wortschatz so wohlklingende Begriffe wie „Volksfeind", „Schädling" oder „Saboteur" zu bieten hatte.

Während wir uns in langen Reihen auf eine imaginäre Wartelinie zuschieben, an der eine weibliche Milizangehörige auf- und abmarschiert, um auch wirklich sicherzustellen, dass sich nicht plötzlich die Spitze eines Schuhs über den unsichtbaren Strich wagt, müssen wir beobachten, dass nahezu sämtliches Handgepäck einer gründlichen Durchsuchung unterzogen wird. Nun rächt sich meine während der Taxifahrt an den Tag gelegte Großzügigkeit. Vielleicht ist Schlachtmanns Schrumpfkopf wirklich aus Ziegenleder, aber das wird die zuständigen Organe mit hoher Wahrscheinlichkeit nicht interessieren. Ich sehe bereits die peinlichen Befragungen vor mir, an deren Ende dann das Einreiseverbot steht. Aber nun ist es zu spät, unter den Augen der überall verteilten Büttel können wir das kompromittierende Souvenir unmöglich loswerden.

Ich drehe mich um, unterziehe meinen Reisegefährten einer Musterung. Er tritt von einem Bein aufs andere, als würde er unter Blasenschwäche leiden, schickt panische Blicke durch den Raum und lässt seine Finger auf der geschorenen Kopfhaut imaginäres Ungeziefer jagen. Er scheint also nicht nervöser zu sein als während der restlichen Stunden, die seit unserem Aufbruch vergangen sind. Leider wissen das die Zöllner nicht. Selbst auf einen Berufsanfänger muss Schlachtmann wie ein Drogenschmuggler wirken.

Da ich mir absolut sicher bin, dass sich Mami Watas düstere Weissagung nun gleich erfüllen wird, lasse ich, als wir schließlich an der Reihe sind, dem unglückseligsten ihrer Jünger den Vortritt. Warum noch unnötig Zeit verlieren bis zum fälligen Eklat?!

Tatsächlich braucht der schnurrbärtige Scherge, der sich um Schlachtmanns Habe zu kümmern hat, keine zwanzig Sekunden um den bizarren Glücksbringer ans Tageslicht zu befördern. Ich will schon intervenieren, will irgendwas von einem Kongress renommierter Völkerkundler in den Ring werfen, da geschieht das zweite Wunder dieses Tages: Der Zöllner lacht laut auf, hebt den Schrumpfkopf in die Höhe und vollführt mit der freien Hand eine Bewegung, die selbst in Taka-Tuka-Land noch als Symbol für das Durchtrennen des Halses verstanden werden durfte. Dann steckt er den Kopf zurück in die Tüte und gibt Schlachtmann mit einem aufmunternden Klaps auf die Schulter zu verstehen, dass die Kontrolle ihr Ende gefunden hat. Ob dieses Verhalten einfach als Ausdruck einer martialischen Lebenseinstellung verstanden werden kann, oder auf ein *grundsätzliches* Faible des ukrainischen Grenzsicherungswesens für okkulte Trophäen und Praktiken hindeutet, ist eine Frage, deren Beantwortung ich auf später verschiebe. Ich muss nun meinerseits mein Gepäck durchwühlen lassen. Danach gilt es gleich einen ganzen Packen schwerverständlicher Dokumente auszufüllen.

Als das erledigt ist, betreten wir die Empfangshalle des Flughafens. Hier müsste eigentlich ein Mitarbeiter des Goethe-Instituts stehen, dessen Hände ein Schild in die Höhe halten. Aber ein Schild ist nicht auszumachen, jedenfalls keins, das *uns* in Empfang nehmen möchte.

Wir irren eine Viertelstunde durch die Wartenden, dann wird es Zeit für eine Krisensitzung.

„Meiner Meinung nach sollten wir versuchen, umgehend die Heimreise anzutreten", eröffnet Schlachtmann die Debatte.

„Blödsinn! Wir haben doch den Namen des Hotels, in dem wir untergebracht sind, oder nicht?"

Der Angesprochene sieht schweigend auf seine Sandaletten.

„*Oder nicht?*"

„Doch … haben wir." Mürrisch zieht Schlachtmann ein zerknittertes Fax aus seiner Jacke.

„Gut, dann erst mal da hin.“

Wir tauschen ein paar Scheine und besteigen das erstbeste Taxi. Unserer Fahrer geht bereits auf die sechzig zu, verfügt aber über den beeindruckenden Brustkorb eines aktiven Gewichthebers. Wir zeigen ihm das Fax und deuten auf den Namen des Hotels. Er nickt wissend.

Während er seinen Kleinwagen mit voller Fahrt über eine vierspurige Straße lenkt, rollt er den rechten Ärmel seines Hemdes hoch und präsentiert uns lachend eine Narbe, deren Ausmaße auf den Angriff eines ausgewachsenen Höhlentrolls hindeuten. Ich meine, den begleitenden Sätzen das Wort Afghanistan zu entnehmen.

Nachdem wir dem Prunkstück die notwendige Anerkennung gezollt haben, richtet sein stolzer Besitzer einen Zeigefinger auf uns. Offenbar erwartet er Auskünfte über unsere eigene Militärzeit. Zwar sind weder Schlachtmann noch ich der Landessprache mächtig, dennoch beeilen wir uns, gestenreich von diversen Spezialausbildungen zu schwadronieren. Müßig zu erwähnen, dass es sich dabei hauptsächlich um das Säubern von Darmausgängen und das Einreiben mit *Franzbranntwein* gehandelt hat.

Der Afghanistan-Veteran jedenfalls scheint zufrieden.

„Deutschland gut! Hitler gut!“, sagt er und lächelt gewinnend.

Seine Passagiere konzentrieren sich daraufhin eisern auf die überall in der Landschaft verteilten Rohbauten.

Als die Fahrt schließlich ihr Ende nimmt, befinden wir uns nicht wie erwartet im Zentrum, sondern in einem eher ländlich gearteten Vorort. Auch haben wir zu unserem großen Erstaunen kein Hotel vor der Nase, sondern ein Einfamilienhaus. Während wir noch über diese Merkwürdigkeit sinnieren, ist der Kutscher bereits dabei, unser Gepäck auszuladen. Und so bleibt uns nichts, als ebenfalls auszusteigen.

Gerade als wir das getan haben, öffnet sich die Haustür und gibt den Blick auf ein circa sechzigjähriges Frauenzimmer frei, deren voluminöser, an einen aktiven Gewichtheber gemahnender Brustkorb nichts anderes als den Schluss zulässt, dass wir es hier mit der

Lebensgefährtin unseres Chauffeurs zu tun haben. Verdammt, was geht hier vor? Werden wir gleich Zeugen der viel beschworenen osteuropäischen Gastfreundschaft oder sind wir einfach nur an eins dieser *aufgeschlossenen* und *toleranten* Paare mit *ausreichend Tagesfreizeit* geraten, von denen – zumindest an der Heimatfront – ja mittlerweile so einige gibt. Einen heißen Wodka mit Zucker könnte ich durchaus vertragen, für ein Sandwich mit wechselnder Belegung erscheint es mir dagegen reichlich früh. Wir haben es gerade mal zwei Uhr nachmittags.

Schlachtmann ist die Situation ebenfalls nicht geheuer.

„Wir sollten da auf keinen Fall *reingehen*", sagt er mit Blick auf die doch eigentlich recht einladende Kate. Wahrscheinlich hat er als Kind zu häufig *Das Wirtshaus im Spessart* vorgelesen bekommen.

Nun ist es natürlich ein Leichtes eine Verweigerungshaltung zu formulieren, die Umsetzung derselben ist häufig schon schwierigerer, und wenn sich – wie in diesem Fall – rustikale Jovialität mit schierer Muskelkraft paart, sogar ganz unmöglich. Ehe wir uns versehen, werden wir schon durch die Räumlichkeiten geführt. Durch eine blitzsaubere Küche geht es in eine Art Fernsehzimmer, das eine erkleckliche Anzahl unterschiedlichster Häkel- und Strickarbeiten präsentiert, dann eine schmale Stiege hinauf in einen Raum, der zwei Stockbetten beherbergt. Einladend schüttelt die Dame des Hauses die Kopfkissen auf, während ihr Gatte unser Gepäck ablädt. Aha, daher weht also der eisige Hauch der Taiga: Wir sollen hier Quartier nehmen!

Nun spräche noch nicht mal etwas dagegen, denn die beste Basis, um Land und Leute kennenzulernen, ist von jeher die Privatunterkunft gewesen. Im Geiste sehe ich uns bereits mit unserem Herbergsvater eine Flasche Selbstgebrannten verkosten, während das ihm angetraute Weib einen Kessel Blutwürste auf den Küchentisch wuchtet. Dann aber fällt mir ein, dass die Mädchen und Buben vom Goethe-Institut vielleicht nervös werden könnten, wenn wir nicht beizeiten im Hotel einchecken. Wir sind schließlich nicht zu unserem Vergnügen hier. Vielmehr haben wir den Auftrag, den Eingeborenen einen erhellenden Einblick in das Lotterleben deutscher Schriftschaffender zu gewähren. Drei Auftritte gilt es in den nächsten vier Tagen zu absolvieren, zwei am germanistischen Seminar der hiesigen Universität, einen in einem Wohnheim für ehemalige Robbenfänger auf der Krim. Bei allem Bedauern, wir werden auf die Blutwürste und den 98prozentigen verzichten müssen – die Pflicht geht vor! Ich halte einen längeren Vortrag über die Bedeutsamkeit unserer Mission, komme auf die internationale Lage zu sprechen und ende mit einem pathetischen Bekenntnis zur Völkerfreundschaft, dann schnappe ich mir meine Tasche und schicke mich an, die Stufen hinabzusteigen. Noch bevor ich allerdings die Hand ans Geländer bekomme, packt mich die Hausmutter mit festem Griff am Oberarm und beginnt auf mich einzureden. Es entbrennt ein längerer Disput aller Beteiligten, der insofern müßig erscheint, als keine der beiden Diskussionsparteien die Sprache der jeweils anderen versteht.

Es muss unbedingt eine Kommunikationsform gefunden werden, die unabhängig vom Mundwerkzeug funktioniert. (Nicht dass es am Ende noch zu Handgreiflichkeiten kommt …) Aber was könnte das sein? Ganz klar, das allgemeingültige Vokabular des Geldes. Ich entnehme meiner Börse einen 50-Euro-Schein und halte ihn unseren potentiellen Wirtsleuten unter die vor Empörung funkelnden Pupillen. Augenblicklich kehrt Ruhe ein. Dann werden stumme Blicke ausgetauscht.

Nur einen Moment später sitzen wir wieder im Taxi.

Unser Chauffeur macht noch immer einen verstimmten Eindruck, sieht mürrisch geradeaus, dennoch hat die Fahrt etwas Friedliches. Die Möglichkeit, dass wir auf irgendeinem einsamen Acker mit ausgefallenen Nahkampfkenntnissen vertraut gemacht werden könnten, scheint weitestgehend ausgeschlossen. Demgemäß spricht nichts dagegen, sich entspannt in die Polster sinken zu lassen, die Augen zu schließen und sich noch einmal die Sicherheitsbelehrung der als Stewardessen verkleideten Schönheitsköniginnen ins Gedächtnis zu rufen.

Als sich die schweren Lider wieder heben, rollen wir bereits über die Auffahrt des Hotels – eine Bettenburg mit mindestens vierhundert Zimmern, deren Fassade in all ihrer *realsozialistischen* Pracht einen Anblick bietet, der nur als erhebend bezeichnet werden kann. Nachdem wir ausgeladen haben, stellt sich heraus, dass der Fünfziger zwar die entgangenen Mieteinnahmen nicht aber den Transport abdeckt. Da derselbe jedoch in *Griwna* bezahlt werden kann, gibt es keinen Grund, den Abschied durch müßige Feilschereien hinauszuzögern.

Grußlos klemmt sich der Kutscher hinters Steuer, grußlos wende ich mich dem Gepäck zu, als Schlachtmann plötzlich laut wird.

„Hitler scheiße! Deutschland kurva!", ruft er der schwarzen Abgaswolke hinterher.

Hoppla, so energisch kenne ich ihn ja gar nicht. Und: Ist *kurva* nicht polnisch?

Ich erlaube mir, eine entsprechende Bemerkung zu machen, und erhalte folgende Antwort: „Kurva ist international, genau wie der Geist der antifaschistischen Bewegung."

Nachdem das geklärt ist, traben wir zur Rezeption und erkundigen uns nach den reservierten Zimmern.

Die Antwort fällt düster aus. Es gibt keine.

„No Sir, there is nothing, neither for Slacktman and Oblomov, nor for the Goethe-Institute", sagt die gelangweilte Angestellte, als ich nachhake.

Verdammt, was jetzt?! Zurück zum Gewichtheber-Stützpunkt? Unmöglich. Wir werden uns hier selbst etwas buchen müssen. Erfreulicherweise gibt es noch freie Zimmer – und zwar zu original Westpreisen: 90 Euro für eine Person, 120 für zwei! Wir nehmen das für zwei.

Immerhin, die Aussicht ist ihr Geld wert: Wir blicken aus dem 18. Stock auf eine Straße von der Breite dreier Fußballfelder; in der Mitte ein Kriegerdenkmal dazu passender Größe. Wahrscheinlich haben sie hier früher Panzerparaden veranstaltet.

Schlachtmann vollzieht auf dem Fensterbrett irgendein Schutzritual, bei dem jede Menge Babypuder zum Einsatz kommt, ich studiere derweil das Fax unserer Gastgeber. Unsere Reisekasse hat bereits schwere Einschnitte zu verbuchen gehabt – so kann es nicht weitergehen. Wir brauchen endlich einen Kontakt zu diesen dreimal verfluchten Institutsknechten. Ich entdecke tatsächlich eine Telefonnummer, wähle die Rezeption an und bitte darum, eine Verbindung herzustellen. Es knarzt und knackt minutenlang in der Leitung, dann dringt die komplett unverständliche Ansage eines Anrufbeantworters an mein Ohr.

Ich lasse mich dadurch nicht beirren, sage den vorbereiteten Text auf und schließe mit der Bitte, um eine dringende Rückmeldung. Zur Sicherheit wiederhole ich den kompletten Hilferuf auf Englisch.

Im Anschluss wird es Zeit, sich um die Nahrungsaufnahme zu kümmern. Schlachtmann schlägt vor, im Hotel zu speisen, mir schwebt eher etwas Gediegenes vor. Dummerweise sind die Speisekarten der Taverne, in der wir schließlich landen, komplett in Kyrillisch gehalten. Nun heißt es auf Gott vertrauen! Mit der Selbstsicherheit alt gedienter Analphabeten tippen wir irgendeine Nummer an – sozusagen das Überraschungsmenü. Ich habe Glück, bekomme einen durchaus appetitlichen Fleischlappen mit Sättigungsbeilage, Schlachtmann dagegen hat mit seinem Eintopf aus Innereien und gebrauchten Bremsbelägen schon heftiger zu kämpfen. Zum Glück ist sein Magen durch den häufigen Konsum von *Fufu* perfekt austrainiert.

Begleitet vom steten Rauschen des Verkehrs begeben wir uns danach zu Bett. Morgen wird sich alles finden …

Tatsächlich hat sich nach dem Aufstehen rein gar nichts gefunden. Keinerlei Meldung vom Goethe-Institut, und das, obwohl doch heute Abend unser erster Auftritt ansteht. Ich lasse noch einmal eine Telefonverbindung herstellen, bekomme aber wieder nur den Anrufbeantworter an die Strippe. Diesmal decke ich ihn mit allem ein, was mir an deutschen und englischen Fäkalausdrücken zur Verfügung steht.

Um vor lauter Warten nicht irre zu werden, beschließe ich, mir die Stadt anzusehen. Schlachtmann hat keine Lust, will derweil lieber „seine Ausrüstung in Ordnung bringen“. Also ziehe ich alleine los und entdecke Folgendes: U-Bahnstationen, in denen kilometerlange Rolltreppen mit einem Gefälle von nahezu 90 % kerzengerade ins Dunkle führen; Halbwüchsige, die bis zu drei Dutzend mit langen Ketten versehene Handys am Gürtel tragen und als lebende Telefonzellen fungieren; alte Mütterchen, die auf dem Bürgersteig hocken und einen einzigen Kohlkopf an den Mann zu bringen versuchen.

Als ich derart touristisch übersättigt am frühen Nachmittag ins Hotel zurückkehre, finde ich meinen Zimmergenossen einigermaßen aufgeregt vor. Er sitzt komplett angezogen auf dem Bett und ist gerade dabei verschiedene Lebensmittel, darunter eine *Kokosnuss,* zu einem handlichen Bündel zu verschnüren.

Noch bevor ich die Gelegenheit erhalte, ihn zu fragen, ob sich das Institut endlich gemeldet hat, ist er schon aufgesprungen und redet hektisch auf mich ein: „Gut, dass du da bist, wir müssen sofort los. Ich habe mit Mami gesprochen. Unsere einzige Chance, aus der momentanen Misere herauszukommen, besteht in einem großen Ritual. Und das kann und darf nur am Wasser stattfinden. Wir müssen zum Dnepr.“

Nun ist der Dnepr ohne Zweifel ein Strom, dessen Anblick ich mir selbst gern zu Gemüte führen würde. Auf Hexenwerk und faulen Zauber kann ich dabei allerdings gut verzichten. Stellt sich nur die Frage, wie ich das Schlachtmann begreiflich machen soll. Er sieht wild entschlossen aus. Ich muss Zeit gewinnen.

„Wofür brauchen wir die Lebensmittel?“

„Als Opfergabe natürlich.“

Natürlich! Die Götter warten sicher schon auf die drei Flaschen

Fanta, die staubtrockenen Kekse und die Familienpackung Zahnpflegekaugummi. Die Kokosnuss nicht zu vergessen …

„Wo hast du das Zeug überhaupt her?"

„Vom Roomservice."

Jesus, bei den in diesem Etablissement regierenden Preisen wird das unserer Barschaft ganz sicher den Todesstoß versetzen. Ich will schon zu einer Strafpredigt ausholen, schlucke meinen Ärger aber tapfer hinunter, weil mir in eben diesem Moment, die gewünschte Ausrede in den Sinn kommt.

„Hör mal, wie wär's, wenn du da allein hinfährst, zum Dnepr. Ich fühl mich nicht so gut, hab mir beim Marsch durch die Stadt wahrscheinlich so 'ne Art *Pseudokrupp* zugezogen."

„Unmöglich. Ich brauche jemanden, der mir assistiert."

„Dann nimm irgendwen vom Hotel mit."

„Es muss jemand sein, der mich *versteht*."

„Mag ja sein. Aber ich kann nicht. Ich bin eindeutig unpässlich."

„Wenn du nicht mitkommst, schicke ich *deiner* Freundin die Aufnahmen dieser unglückseligen Aftershowparty."

„Hat das Institut angerufen?"

„Nein."

„Okay, dann lass uns los."

Bei den vorherrschenden Temperaturen ist es natürlich nur allzu verständlich, dass das Flussufer von allerlei Ausflüglern gesäumt wird. Halb Kiew scheint sich hier zum gepflegten sonntäglichen Picknick versammelt zu haben, dennoch gelingt es Schlachtmann, nach circa einstündigem Auf- und Ablaufen, eine Stelle auszuwählen, an der die Menschendichte *besonders* hoch ist. Na, am Ende wird es egal sein, ob wir uns vor zwei- oder vierhundert Zuschauern zum Affen gemacht haben.

Vor den neugierigen Augen zahlloser Groß- und Kleinfamilien beginnt der ungelernte Aushilfspriester seinen Budenzauber, indem er unter Zuhilfenahme der unverzichtbaren Babypuderdose ein 5x5 Meter großes magisches Symbol auf den Boden streut. Dann werden Räucherstäbchen angesteckt und Weihrauchklumpen abgefackelt. Ich versuche derweil zentimeterweise in Richtung einer schützenden Imbissbude zu robben, werde aber kurz vor der Ziellinie von Schlachtmanns Stimme gestellt, die plötzlich eine geradezu unheimliche Autorität besitzt.

„Komm her! Es kann losgehen", befiehlt er und ich folge seinen Worten, als ob die Mächte des Voodoo bereits Besitz von mir genommen hätten.

Erstaunlicherweise lassen sich die Dinge recht harmlos an. Schlachtmann murmelt ein paar Gebetsformeln, die alsbald in einen leisen Singsang übergehen, während ich nichts weiter zu tun habe, als einen Weihrauchschwenker zu halten und alle naselang in den Refrain einzustimmen, der hauptsächlich aus der Anrufung einer längeren Reihe von Mamis Ahnen besteht. Wir könnten zwei Althippies sein, die sich das letzte Acid geteilt haben und nun eine gemeinsame spirituelle Reise unternehmen. Nichts Gefährliches also und auch nichts, was da, wo wir unseren Wohnsitz angemeldet haben, unbedingt einen Menschenauflauf hervorrufen würde. Hier scheinen sich die Erfahrungen mit ausgeklinkten Freaks jedoch in Grenzen zu halten. Als ich in Zuwiderhandlung von Schlachtmanns strikter Anweisung kurz die Augen öffne, hat sich bereits ein größerer Kreis um uns gebildet.

Immerhin: der Abstand, den die Leute einhalten, darf durchaus als respektvoll bezeichnet werden. Die Mienen wirken eher abwartend als bedrohlich. Hier und da vermeine ich sogar einen Happen Wohlwollen zu erkennen. Und siehe da: der Zuspruch ist tatsächlich noch steigerungsfähig.

Als Schlachtmann irgendwann aufspringt, um – nun unter lauteren Gesängen – weiteres Babypulver zu verschütten, machen aufmunternde Zurufe die Runde, während vereinzelt rhythmisches Klatschen einsetzt. Derart angefeuert fühle auch ich mich veranlasst, meine Performance zu steigern. Einem Schamanen gleich beginne ich den Oberkörper hin- und herzuwiegen, während Schlachtmann unter ekstatischem Gewimmer endlich den Schrumpfkopf ins Spiel bringt, mit dem er, die Hand in der Mähne, nun wie ein Derwisch auf unsichtbare Dämonen einzudreschen beginnt.

Ich bereite mich bereits darauf vor, dass gleich ein paar Münzen den Weg vor unsere Füße finden werden, aber als wir uns dem großen Finale nähern, kippt die Stimmung unversehens. Dass Schlachtmann die Fanta in den Dnepr gießt, wird noch relativ klaglos hingenommen. Als er der gelben Soße dann aber das komplette Bündel Lebensmittel folgen lässt, ruft das echte Empörung hervor. Ich kann nicht verstehen, was die Leute schreien, aber es klingt nicht nach Zugaberufen. Auch das Aus- und Umtreten der Weihrauchkerzen wirkt alles andere als begeistert. Schlachtmann bekommt davon nichts mit, starrt – noch ergriffen von der Heiligkeit des Moments – der auf dem Wasser treibenden Kokosnuss hinterher. Ich dagegen sehe mich plötzlich mit drei Burschen konfrontiert, die ihrer Statur nach nur im Bergbau beschäftigt sein können. Bevor ich noch dazu komme, auf meine doch eher geringe Mittäterschaft in dieser Sache hinzuweisen, werde ich schon in die Höhe gehoben und nun ebenfalls dem Wasser überantwortet. Schlachtmann folgt nur einen Augenblick später.

Unsere Versuche wieder ans Ufer zu gelangen, weiß der Mob durch das gezielte Werfen von Steinen und Leergut zu verhindern.

„Gottverdammte Scheiße, das nächste Ritual sollten wir vielleicht in einem Land abhalten, dass über ein deutlich höheres Bruttosozialprodukt verfügt!“, keuche ich, nachdem mein Kopf nur kapp von einem Steinguttopf verfehlt worden ist.

„Ruhig Blut! Uns kann nichts mehr passieren. Die Zeremonie ist durchgeführt“, gibt der Verstrahlte an meiner Seite zur Antwort und zeigt dann zum Ufer: „Siehst du?! Die Rettung naht bereits.“

Tatsächlich! Da fährt ein Kleintransporter der Miliz in die Reihen des Plebs. Gleich wird man uns aus unserer misslichen Lage befreien …

Keine drei Minuten später sind es allerdings nicht unsere Peiniger, die in den vergitterten Laderaum gestoßen werden, sondern wir selbst. Die weltweit verbreitete Sehschwäche der Sicherheitsorgane …

Freudestrahlend waren wir unseren vermeintlichen Erlösern entgegengeeilt, nur um uns sogleich verhaftet zu sehen; selbstredend unter dem Beifall derjenigen, die uns gerade noch den Gar hatten ausmachen wollen.

Ein oder zwei Minuten lang bleibe ich vergleichsweise ruhig. Auf dem Revier wird sich die Angelegenheit schon klären lassen – immerhin sind wir Ausländer und in mindestens *semi*offizieller Mission unterwegs. Dann aber steigt mir all das ins Bewusstsein, was wir da gerade unter den Augen zahlloser Zeugen veranstaltet haben, und mich beschleicht die dunkle Ahnung, dass es vielleicht gar kein Polizeirevier sein wird, zu dem man uns bringt. Für Vollgestörte, die in aller Öffentlichkeit Essbares im Wert eines durchschnittlichen Wochenlohns vernichten, gibt es hier in Kiew wahrscheinlich nur eine adäquate Unterbringung: die geschlossene Abteilung einer Nervenheilanstalt.

Bleibt nur zu hoffen, dass Schlachtmann ein paar Muscheln dabeihat, damit wir auf den kalten Kacheln der Isolierstation wenigstens ein zünftiges Orakel werfen können.

GEFÜLLTE RAUCHFLEISCHROLLE

AHNE

So, in etwa, hatte ich mir das vorgestellt. Schweinelappen umhüllen einen riesigen Berg Fleischsalat. Daneben liegend genau eine abgezählte Stulle, an deren Kopfende das Glas Dampfbier thront.

Der Bayrische Wald. Mythos. Sagenumwobener Schauplatz etlicher Schlachten. Götter gegen Menschen, Römer gegen Wilde, Touristen gegen Muskelkater. So mancher, der in deiner Erde begraben wurde. So viele, die dich besangen. Mir fallen spontan zwar keine Lieder jetzt ein, doch derer gibt es, da bin ich mir sicher, Mürriaden. Noch wenige Jahre zuvor hätte ich nicht im Traum damit gerechnet, einmal einen Fuß in dich setzen, einmal Hand an dich legen zu können. Ich kannte dich nicht. Für mich war Bayern die Alpen und was vor den Alpen ist, das Alpenvorland sozusagen. Etwas später erfuhr ich, durch Zufall, von Franken und dass Franken auch in Bayern läge, und dass man einen Franken und einen anderen Bayern niemals nebeneinander stellen sollte, es sei denn, man war auf Mord- und Totschlag aus und, dass man es möglichst vermeiden sollte, in einem Satz Franken und andere Bayern zu sagen. Wenigstens sollte man sich vergewissern, dass diesen Satz kein Franke zu hören bekomme. Der Bayrische Wald aber blieb unentdeckt, für mich, selbst als Begriff.

Ich habe ja immer gerne Tischtennis gespielt und wusste, falls wir einmal Urlaub machen sollten, sicher, viele Menschen können niemals Urlaub machen, ich weiß, es ist ein Luxus und viele Menschen leiden entsetzlich Hunger, dafür sollte man mal Geld ausgeben, nicht mit dem Flugzeug kreuz und quer durch die Weltgeschichte jetten, da bleibt ja auch die Seele zurück und ohne Seele ist man nur ein seelenloses Monster, ein Zombie, der arglosen Eingeborenen mit bloßen Händen die Schädeldecken zerquetscht um deren Gehirne auszusaugen, kurz und gut, es gab da im Internet eine Hütte im Angebot, die war mit Tischtennisplatte. Ich konnte es erst gar nicht fassen, als ich das sah. Das Internet ist schon sehr gut. Es gab ja auch mal eine Zeit ohne Internet, früher. Das war der Faschismus, aber auch die Urgesellschaft. Die Menschen damals wussten mit ihrer Zeit nichts anzufangen. Sie stellten unsinnige Vergleiche an, relativierten, bis zur Vergasung, verharmlosten und rissen schlechte Witze, von anderen Grausamkeiten will ich erst gar nicht reden, weil das hier ja auch eine Urlaubsgeschichte ist, eine harmlose Urlaubsgeschichte. Prima Internet! Gibt es eigentlich schon ein Natinet? In so national befreiten Zonen müsste das doch eigentlich funktionieren. Müsste die Lücke füllen. Inter, das geht doch nicht. Da stecken doch sicher die Juden hinter und die Negerkanacken. Kann mir allerdings kaum vorstellen, dass es in einem solchen Natinet, dass es da eine so coole Hütte, mit Tischtennisplatte drin, gegeben hätte. Nein, hoch lebe das internationale Internet! Das ist schon gut. Kostete auch bloß 36 Euro pro Übernachtung, für fünf Personen, die Hütte. Zur Erklärung vielleicht so viel, ich bin eine Person, meine Freundin die zweite Person, mein Sohn, dessen Mutter eine andere Frau ist, die aber nicht mitkommt, ist die dritte Person, die Tochter meiner Freundin, von der nicht ich der Vater bin, weil die einen anderen Vater hat, der aber auch nicht mitkommt, ist die vierte Person und die fünfte Person, die liegt im Kinderwagen, zumeist wenigstens, sie ist dick, ihre Mutter ist meine Freundin, das weiß ich genau, weil ich zugesehen habe, als die da unten rausgekommen ist, aus ihr, der Vater, der soll ich sein, obwohl ich mich manchmal frage, von wem eigentlich die lockigen Haare stammen sollen, na ja, es gibt so viel zwischen Himmel und Erde, paar Antworten könnten da schon noch kommen. Doch ich will nicht löchern, ich will mich freuen. Und so freute ich mich über das traumhafte Angebot.

Unser Skoda ist ein Auto. Mit ihm fuhren wir, pünktlich im Herbst, in den Bayrischen Wald, in den Urlaub, zu der Hütte, mit der Tischtennisplatte. Und, was soll ich sagen. Genau. Als wir ankamen war die Tischtennisplatte gar nicht aufgebaut. Die stand hinten, schnöde zusammengeklappt, an der Wand, von der Garage, in der jetzt unser Skoda, ein Auto, stand. Es war vollkommen unmöglich die Tischtennisplatte dort drin aufzubauen, ohne das Auto herauszumachen und das Auto konnte man nicht herausmachen, weil es draußen keinen Parkplatz gab. Parkplätze gab es erst wieder in einer Entfernung von der Garage, von wo aus man es zu Fuß nicht wieder zurückgeschafft hätte, jedenfalls nicht im eng gestrickten Zeitplan unseres Urlaubs, ich weiß, viele Menschen können nie Urlaub machen, aber das war mir da, in meiner grenzenlosen Wut über die Unmöglichkeit Tischtennis spielen zu können, egal, denn man konnte die Platte auch draußen nicht aufbauen, nicht in einem Umkreis jedenfalls von 25 Kilometern, weil der Bayrische Wald nicht nur mit Wald bewachsen, sondern, zu allem Überfluss auch noch, entweder nach oben oder nach unten ging und zwar überall, an jeder Stelle. Es gab nirgendwo eine Fläche, die eben war, Sakrament! Oh, mir schwante, dieser Urlaub würde ein Scheiß-Urlaub werden und so war es dann ja auch. Bis auf das Essen vielleicht, mmh gefüllte Rauchfleischrolle und bis auf das Bier, mmh Dampfbier und bis auf …, ach nee, dis Essen, dis hat ich ja schon.

ALL INCLUSIVE

JAN DREES

Dendemann stand schweigend vorm Spaghettibüffet im Club Penelope und beobachtete Sophie, seine hüftgoldig schöne Ehefrau, die gerade mit einem hilflosen Tunesier debattierte. „Warum ist es Ihnen unmöglich, eine Handvoll Garnelen für uns zu braten?" fragte sie und vergaß, wenigstens ein Quäntchen Koketterie in ihre Frage zu legen. Wie konnte sie nur derart zickig sein, das dachte Dendemann, denn: „Der erste Eindruck ist entscheidend, dass weiß Sophie doch", und er musterte gespannt das erschrockene Gesicht des livrierten Clubangestellten. Sophie wurde nun überaus unterwürfig bedeutet, ihre gewünschten Meeresfrüchte seien ad hoc nicht verfügbar. Dendemann überlegte ferner, ob er seine Frau in einem derartigen Moment ebenso bedingungslos lieben durfte wie gestern Nacht, im Hotelbett, als beide einander eng umschlungen festhielten – oder ob er intervenieren, der drohenden Peinlichkeit geschuldet, Partei ergreifen müsste, zu Gunsten des fremden, jungen Mannes. Womit er Sophie natürlich ungelenk in den Rücken fallen würde.

„Herrgott, wir sind hier doch am Meer", insistierte Sophie, blickte zu Dendemann, lächelte verwirrt, fuhr sich abgespannt durchs sonnenbleiche Haar, sagte erst trotzig „Oder?", dann, als ihr Gatte die Achseln zuckte, kleinlaut in Richtung des tunesischen Bediensteten (urplötzlich sinnesgewandelt): „Verzeihen Sie bitte. Ich benehme mich unhöflich ..."

Dendemann, so was wie eine salomonische Chance spürend, reagierte abrupt: „Wir sind zu spät. Das stimmt. Alle haben gegessen, während meine Frau und ich noch im verdammten Hinterland rumirrten." Er griff zärtlich nach Sophies zitternder Hand. „Wir waren in den Bergen. Ich hatte den Ausflug vorgeschlagen. Und als es immer später, als es immer dunkler wurde, versprach ich Sophie diese Garnelen. Ich sagte: Halb so wild, alles wird gut. Verstehen Sie?" Auf die männerbündnerischen Gefühle des Angestellten hoffend fügte Dendemann hinzu: „Es war voll und ganz mein Fehler."

Sophie verfolgte interessiert die Verhandlungen ihres Gatten. „Vielleicht gibt es irgendwo in Ihrer Küche ein paar der köstlichen

Tintenfischringe, die Sie gestern Abend servierten, also nicht die von gestern Abend, sondern frische, und mit ein bisschen Öl und Knoblauch, dazu Tomaten, gäbe das alles eine anständige Nudelsauce, nicht wahr?“ Er zückte die Hotelcashcard, die ihn als momentanen Bewohner dieser Ferienanlage legitimierte. Dann versprach Dendemann seiner Liebsten, morgen eine LKW-Ladung Garnelen zu organisieren und dass er sie massieren würde, heute noch. Er flüsterte ihren Kosenamen, hielt anschließend auch Sophies andere Hand, wie beim Kinderreigen, küsste sie zärtlich auf die Stirn und zwinkerte dem Tunesier zu, der sich, entweder gerührt oder unterdrückt genervt, mit den Worten abwandte: „Ich werde versuchen, mein Herr“, und Sophie lächelte, sie lächelte Dendemann lieb und scheu zu, legte ihr Kinn auf seine Schulter und sagte. „Ach, mein Schatz.“

Dendemann wusste, dass er überschwulstig daherlaberte, sobald er einem Dienstleistungsangestellten gegenüberstand. Vom Wal-Mart-Mitarbeiter bis zum Callcenter-Kundendienstler war es immer das Gleiche, nicht abstellbar. Total Wirtschaft-ITler-fremd, so Neue-Zürcher-Zeitungs-zurückhaltend und vermessen, eingedenk seiner bodenständigen, Ruhrpott-herben FC-Schalke-Sozialisation. Woher kam dieser entschuldigende Gestus, diese übertriebene Verstellung? Dendemann lachte über das Wort „eingedenk“. Es erinnerte ihn an den ebenfalls bescheuerten Begriff „wohlfeil“, den ein Kollege immer wieder als Umschreibungen neuester Computerhardware verwendete.

Dendemann saß L & M rauchend auf der Bungalow-Terrasse, schaute über den glatten, jeden Frühmorgen von Bulldozern begradigten Strand und zitterte. Die Sterne, klar, wunderbar, und Algenleuchten an der Meeresoberfläche, alles klasse. Sogar die Tintenfisch-Geschichte hatte sich vorhin zufriedenstellend schnell erledigt. Sophie, satt, nackt, glücklich, lag schlafend im Hinterzimmer, ruhig atmend wie ein Kind, das den ganzen Tag Kleinfeld-Fußball im Bolzplatzkäfig gespielt hat. Morgen Abend würden sie gemeinsam im Charterflieger letzte Airline-Margaritas trinken, bevor die Boeing in Frankfurt-Hahn, auf der Landebahn, kurz vor Alltag (ok: im Hunsrück!) landen würde. Der Alltag. Verdammt. Und das Büro. Der Computerjob. Das angelieferte Kantinenessen. Für den plärrenden Nachwuchs hatte die Firma einen Kindergarten gegründet. Weihnachtsgeld. Beamtenbeförderungen. Was soll's. „Das ernährt einen Mann. Passt, irgendwie", dachte Dendemann ständig.

Nach dem Studium hatte er nicht lang gefackelt und bereits beim dritten Bewerbungsgespräch eingeschlagen: Vierzigtausend Steine für 39 Wochenstunden im Büronischentrakt des dritten Betonklotz-Stockwerks im Gewerbegebiet Bottrop. „Gibt Schlimmeres." Als Dendemann dann, nach fünf Jahren Arbeitnehmerschaft, diese Pauschalurlaubsreise beim Sommer-Glücksrad im Betriebshof gewann, zwei Wochen Tunesien für zwei, inklusive Flug, da dachte er außerdem: „Das Glück ist mit den Geduldigen." (Geduld und Sterblichkeit – wie passt das zusammen?) Eigentlich dachte nicht er das. Tatsächlich war dieser Geduld-Satz ein semi-ironischer, belächelnder Kommentar Sophies, die ihren lieben Dendemann in den Wochen zuvor immer wieder mit „neuen Karriereoptionen, nach denen man sich umschauen müsste", genervt hatte, wegen Kinderwünschen ihrerseits. „Oder soll das hier ewig so weitergehen?" – „Wie denn?" – „Na, auf diesem Mietskasernen-Sparbuchlevel, mein Schatz?" Und dann dieser Gewinn. „Also bleibste, nicht, mein Schatz?" Nein, natürlich durfte es nicht so weitergehen, das war klar. Da hatte Sophie Recht. Dendemann drückte seine Zigarette mit der Hand auf dem Boden aus, schnippte sie fort und lehnte sich zurück. Er dachte an Sophie, die er einfach immer noch und ganz besonders liebte, an Sophie, die mal rein optisch gesehen ein, zwei Schuhe zu groß war, für ihn, an Sophie, die genauso gut abhauen könnte. – Dendemann zitterte, weil er wusste, dass Sophie einfach so abhauen konnte, „jetzt erst recht, denn jetzt wird's eng." Das Bier war leer. Dendemann stand auf und ging ins Bett. Schlafen konnte er aber nicht.

Der letzte Tag verging wie im Fluge, betrachtete man es von außen. Innerlich zitterte Dendemann weiter, war hektisch, selbst im

Whirlpool, wo Sophie und er ein kurzes Erotik-Intermezzo einschoben, war launisch, am Frühstückstisch, als das Gelb aus seinem Spiegelei floss, über den Tellerrand, auf seine Morgenzeitung, hinter der er sich verstecken wollte, verstecken musste, um seiner Frau nicht zu zeigen, was los war, auf einmal. Dendemanns Zeit verflog keineswegs. Sie troff zah dahin, wie besagtes Frühstücksei und Dendemann, eigentlich wenig rockbegeistert, musste vor Unruhe und Langeweile ans momentane Lieblingszitat seines IT-Kollegen Bruno denken: „When there's nothing left to burn – you've got to set yourself on fire!“, vom grandiosen Album Nummer drei der kanadischen Freakband The Stars. Bruno: nicht Kollege. Sondern: Ex-Kollege, genauer gesagt und eingestanden. Während in Tunesien das Meer rauschte, toste im Bottroper Gewerbegebiet eine Entlassungswelle. Die eine Welle (hier) war warm, die andere (drüben) kalt. Da bleiben einem die besten Umschreibungen fern. Dendemann hätte gestern seine E-Mails nicht checken sollen, sondern warten, bis Frankfurt-Hahn oder Bottrop-Kirchhellen, am besten. Jetzt, wo ohnehin alles egal war. Doch als er draußen saß, mit Bier und Kippen, als Sterne, Meer und Post-Sex-Entspannung nicht ausreichten, um die elendige Langeweile zu vertreiben, da hatte er seinen Blackberry aus dem Samsonite-Schalenkoffer gezogen und dann auf dem Display diese konfuse Bruno-Nachricht gelesen, sie hatte sich versteckt, diese Nachricht, zwischen dem Viagra-Spams und Eritrea-Spendenaufrufen und Schufa-freien Kreditofferten und in Brunos Email stand, dass er, also Bruno, „gefeuert“ worden war. „I'm fired“ stand dort und Dendemann verglich im Kopf kurz, welche weiteren Redewendungen im Englischen und Deutschen gleich waren und was das Ganze mit Feuer zu tun haben sollte, dieses „entlassen werden“. Seit gestern grübelte Dendemann, ob dieses „fired“ auch ihm drohen könnte, nach der Heimreise, am folgenden Arbeitstag. „Wegen notwendiger Einsparungen im administrativen Bereich.“ Bruno war eigentlich ein guter Typ, also, er „hatte was auf dem Kasten.“

Seit diesem Blackberry-Schock war Dendemanns Urlaub jedenfalls vorbei. Diese Paradies-Palmen Papaya-Fake-Stimmung im weiß getünchten, pseudo-dörflichen Urlaubsareal, mit ernsthaft bewachten Toren östlich und westlich der Anlage … Es war ein Zuckerli vorm bitteren Morgensaft, ganz sicherlich. Der Grund, weshalb Dendemann zitterte. Dendemann hatte Angst. Er, eigentlich nicht total uncool, sah sein momentanes Betriebsprogramm abstürzen, im wahren Wortsinn, nur dass er nicht, wie sonst, davor saß, sondern eben mittendrin. – Er zückte die Hotelcashcard, orderte einen Rumcocktail am bastbeschirmten Getränkestand neben dem Erlebnis-Swimmingpool „Jungle-Fever" (mit Lagunen-Charme, Lianengewächs und Sprudelschleuse) und bat wenige Minuten später um ein weiteres Glas, „gerne ohne Schirmchen." Ein paar Meter weiter entstieg die ahnungslose Sophie besagtem Lagunensumpf, und erinnerte Dendemann sogleich an Ursula Andress, 1962, im Kinofilm *James Bond jagt Dr. No*. Sophies lange Haare klebten Groschenroman-erotisch an ihrem feuchten Rücken und sie stolzierte auf ihren angeschäkerten Gatten zu, schaute spöttisch, als Dendemann sie rumtrunken anhauchte. – „Wir müssen langsam los", sagte sie, „die Party ist vorbei."

Die Party war vorbei, ganz klar: Dendemann checkte fünfundsiebzig Minuten später am Ferienparkschalter aus, dort, wo Sophie und er (eine Wendung, die seit Heinrich Breloers Speer-Zweiteiler immer dumm klingen muss) vor dreizehn Tagen hoffnungsfroh ihre deutschen Namen ins zweisprachige Anreiseformular geschrieben hatten. Sophie stand weiter hinten, betrachtete ein letztes Mal die tunesische Umgebungskarte an der pastellgetünchten Muschelkalkwand. „Irgendwann muss ich es ihr sagen", dachte Dendemann, sie beobachtend, „falls der Hammer tatsächlich kommt. Falls. Falls. Vielleicht habe ich auch Glück …" Und der tunesische Counterangestellte sagte, nachdem er die Hotelcashcards durch ein Lesegerät gezogen hatte: „Das macht dann, umgerechnet, 2760 Euro, der Herr. Zahlen Sie bar oder mit Karte?" Dendemann lachte kurz und flüsterte harsch, alles Benehmen kurz über Bord werfend: „Hey Mann, das war 'n Pauschalurlaub!" Der Tunesier schaute auf den Computerbildschirm und schaute nur deshalb dorthin, um Dendemann nicht in die Augen blicken zu müssen und um, ganz Call-Center-like, wenigstens die Geste eines „Gegencheckens“ vorzuführen. „Ja, aber bedaure“, sagte er, „das stimmt, der Herr. Über die weiße Karte buchen wir Cocktails an den Bars, Diskothekeneintritte, Sonderwünsche und alkoholische Dinnergetränke ab. Pardon.“ – „Sie wollen mir sagen: Ich habe für den Preis eines durchschnittlichen Urlaubs gesoffen und getanzt, in diesem Bumsladen?“ – „Wir können hier nur den Betrag sehen“, verteidigte sich der Angestellte, „wenn Sie wünschen, ich hole meinen Chef.“ Dendemann aber schaute den livrierten Herrn nur an, zückte seine AMEX Gold, die er einst für Mietwagensituationen beantragt hatte, für Internet-Shopping und finanzielle Fluchtmöglichkeit, falls schlechte Zeiten kommen sollten, legte sie genervt auf den Tresen und drehte sich dann um, zu Sophie, die mit ihrem Finger die Wegstrecke der gestrigen Hinterlandwanderung nachzeichnete. „Vielleicht sind wir pleite!“, rief er lachend, in ihre Richtung, und Sophie, den Finger weiterhin auf der Karte haltend, schaute ihn über die Schulter blickend an, mit einem Ausdruck, der sagen wollte: „Ach, Dendemann. Bitte. Nicht jetzt …“

SALZ AUF UNSEREN HODEN

JOCHEN SCHMIDT

Wenn ich früher wegen einer Erkältung zum Arzt ging, hieß es immer: „Viel trinken und Bettruhe." Dafür musste man doch nicht 20 Semester Leichen sezieren, um so einen Rat zu geben! Heute gehe ich beim Arzt lieber gleich in die Offensive: „Bitte sagen Sie mir die Wahrheit. Werde ich sterben?"

„Nein, es geht nur gerade ein Virus um."

„Kann man denn gar nichts dagegen tun?"

„Viel trinken und Bettruhe."

„Und wenn Sie mir etwas verschreiben? Etwas wo es warm ist?"

„Sie meinen Ägypten?"

„Muss ich da zuzahlen?"

„100%."

„Vielleicht gibt es ja noch etwas Preiswerteres?"

„Fuerteventura?"

„Können Sie mir das empfehlen?"

„Es ist im Grunde derselbe Wirkstoff."

„Warum fahren Sie dann nicht selber hin?"

„Ich muss leider arbeiten."

„Aber was Sie machen, kann doch jeder."

„Mir verschafft es aber eine tiefe Befriedigung."

Es war völlig legitim, mitten im Semester nach Fuerteventura zu fahren, schließlich gehörten die Kanaren zu Spanien und ich studierte ja Hispanistik. Oder zumindest hatte ich mal einen Spanischkurs gemacht. Ich konnte diese Woche also als mein Erasmusjahr betrachten.

Am Flughafen zeigte sich, dass die anderen Reisenden auch Langzeitstudenten waren. Viele hatten sich nach der Universität gleich im Altersheim eingeschrieben. „Für die musst du nun arbeiten gehen", sagte ich mir. „Aber dafür haben sie auch die Grundlagen unseres heutigen Wohlstands geschaffen. Sie haben die Kohle gefördert, die Flugzeuge gebaut, das Meer gebändigt. Sie haben Brücken errichtet, wo vorher Lücken klafften, und unsere Demokratie fest im Grundgesetz verankert. Sie haben mit der Waffe in der Hand an der Grenze gestanden und dich gegen jeden Feind verteidigt. Stell dir vor, du hättest das alles selber machen müssen, dann würdest du jetzt auch so zerknautscht aussehen."

In Fuerteventura begrüßte uns eine Frau von der Reiseagentur. Es nieselte ein bisschen, aber sie war ein Profi und heiterte uns mit Scherzen auf, die sich in langen Jahren bewährt hatten. „Na?" rief sie in den Bus. „Wer von Ihnen hat denn das schlechte Wetter mitgebracht?"

„Der da", riefen alle wie aus einem Mund und zeigten auf mich.

„Ich?"

„Ja, Sie, was machen Sie überhaupt hier? Müssen Sie nicht für unsere Rente arbeiten?"

„Ich bin krankgeschrieben."

„Krank? Wir waren noch nie krank! Na, Sie behalten wir im Auge, Freundchen!"

Vor dem Hotel ließ ich erst einmal alles fallen und ging wie hypnotisiert auf die Sonne zu. Sie war der einzige Gott, der es verdient hatte, angebetet zu werden, alles andere war Aberglaube. Mit welch zarter Gewalt die Wärme in mich eindrang! Ob sich so die Frauen immer fühlten? Aber kaum dass ich die Augen wieder öffnete, bot sich mir ein Bild des Grauens. Millionen von Deutschen hingen lethargisch in ihren Liegestühlen und beobachteten sich gegenseitig mit Feldstechern. Sie schienen sich überhaupt nicht für den kulturellen Reichtum der Region zu interessieren.

Ich hätte den Einheimischen natürlich erzählen können, dass zu ihnen ja nur der Abschaum reiste, aber wie sollte ich ihnen dann mein Hiersein erklären? Wie konnte man so ignorant sein und sich nicht für das Hinterland interessieren, bloß weil der Krieg vorbei war? Schließlich gab es auf Fuerteventura die größte zusammenhängende Lava- und Geröllwüste Europas, deren Vollkommenheit kein noch so zartes Pflänzchen verunzierte. Durch diese Mondlandschaft wanderte ich täglich ein paar Stunden, um den Einheimischen zu demonstrieren, dass es auch ein anderes Deutschland gab. Während meine Landsleute keinen Finger rührten, versuchte ich mich nützlich zu machen. Ich warf mich in meine Badehose, das einzige Kleidungsstück, das seit meiner Kindheit mit mir mitwächst, und versuchte, die lästigen Wellen ins Meer zurückzutreiben, damit man nachts nicht immer von diesem Krach wachgehalten wurde. „Jetzt ist aber wieder gut“, sagte ich. „Schluss für heute. Seid doch vernünftig, das bringt doch nichts. Ihr schadet euch doch nur selbst.“

Aber es war wie verhext, kaum hatte ich eine Welle überredet zu gehen, kam die nächste und das Spiel ging von vorne los. Es war, als würde man einen Stein auf einen Berg rollen, und er würde, kaum dass man es geschafft hatte, auf der anderen Seite wieder runterrollen.

Am Abend tröstete ich mich damit, auf meine Art mit dem hübschen Zimmermädchen zu flirten. Das heißt, ich legte den Bleistift in meinem Nachttischbuch, bei dessen Lektüre ich immer einschlief, ein paar Seiten weiter. Sie sollte sehen, wie einsam meine Nächte waren, ein schlechtes Gewissen bekommen und sich in mich verlieben.

Tatsächlich war ja einer der Hauptkritikpunkte, der von den Rentnern in ihren täglichen Diskussionen gegen mich vorgebracht wurde, dass ich als einziges Lebewesen auf der Insel ohne Partner war. Nur ein Terrorist reiste heutzutage noch allein.

„Ich bin eben so unsympathisch, dass keiner mit mir mitkommen wollte.“

„Sie denken wohl, wir machen nur Spaß! Wenn Sie keine Kinder kriegen, wird der Bundeskanzler irgendwann Kovacevic heißen! Wollen Sie das etwa?“

„Was soll ich denn machen?“

„Pflanzen Sie sich fort.“

„Das sagt sich so leicht! Haben Sie gestern nicht El País gelesen? *Ser libre significa escoger entre distintas opciones, poder cambiar cuando creas conveniente y enriquecedor. Vivir solo no significa estar solo, y vivir acompañado no implica siempre una excelente situación.*”

“Dann hätten wir ja unsere gesamte Existenz auf ganz falschen Grundsätzen aufgebaut!”

„Ich würde es nicht so hart, aber inhaltlich sicher genauso formulieren."

„Aber jetzt ist es zu spät, noch einmal ganz von vorn anzufangen."

„Ja, für Sie ist es zu spät. Sie sind ins offene Messer der Ehe gerannt. Aber ich bin Ihnen deshalb nicht böse. Trotzdem könnten Sie sich, um ihren Fehler wieder gutzumachen, wenigstens ein bisschen für das hiesige Hinterland interessieren. Ich schaffe das nicht allein, es ist einfach zu öde."

Am nächsten Tag sah man Kolonnen deutscher Rentner in der Mittagshitze durch die Lava- und Geröllwüste Fuerteventuras spazieren und neugierig jeden Stein umdrehen. Die Spanier staunten nicht schlecht, dieses plötzliche Interesse an ihrer Kultur hatten sie von den Deutschen nicht mehr erwartet. Vielleicht hatte es ja etwas genützt, sie jahrelang so unfreundlich wie möglich zu bedienen.

Ich saß derweil auf der Hotelterrasse, genoss meine Leistung und lächelte zufrieden. Mein Aufenthalt neigte sich dem Ende zu, bald hieße es wieder nach Hause zu fahren. Wieder einmal hatte ich mehr erreicht, als zu erwarten gewesen war. Und dabei hatte ich nur meinen Schnupfen auskurieren wollen.

BAD GRUND [OBERHARZ]

KONRAD ENDLER

Es soll immer noch Leute geben, die der Meinung sind, die Erde sei eine Kugel. Dabei ist das nur eine Frage der Perspektive. Von außerhalb des Universums gesehen ist die Erde ein Schlauch, ein Bündel von Ereignissen, das seine Bahn durch die Zeit zieht, und jedes Ereignis prägt sein Muster, das bleibt. Jeder Herzschlag, jedes Augenzwinkern, jede Lüge, selbst das winzigste Zucken eines Elementarteilchens bleibt bestehen und sendet sein Abbild in den Raum, so lange das Universum sich ausdehnt. Von außerhalb gesehen ist all das Gegenwart. Und vielleicht ist auch etwas von uns dort draußen. Wie könnte es sonst sein, dass wir uns erinnern und so schlecht vergessen können?

Obwohl der Kalender Anfang Februar zeigte, warteten wir noch immer auf Schnee. Wahrscheinlich hatte es im Dezember geschneit, aber Verliebte leben unter der Bettdecke und reden nicht vom Wetter. Dieser Schnee war jenseits gefallen.

Vom Neujahr dann, den Januar über, war jeder Tag ein Jahr: Aus dem „Ich liebe dich!" wurde ein „Liebst du mich noch?", und aus dem „Und wie!" ein Blick zum Fenster und ein Schweigen hinaus, wo es die ganze Zeit regnete.

Wenn es doch nur einmal geschneit hätte! Aber nicht eine Flocke, nur Tropfen, lang gezogene Schleifen, wie sonst im Frühjahr, manchmal spitze, kurze Striche, eiskalt, und im Rinnstein, meinten wir, floss unsere Leidenschaft dahin, von Guss zu Guss.

Als die Meteorologen selbst für den Februar kein anderes Wetter voraussagen wollten, beschlossen wir, uns auf die Suche nach dem Schnee zu machen.

Auch wenn keine Schneeflocke der anderen gleicht, SO BLEIBT DER MENGE, WAS SICH ÄHNELT. Der Schnee, den wir auf der Straße über der Bergstadt Bad Grund vorfanden, war blass und klebte an den Sohlen. Aber es war Schnee.

Nach der zweiten Kehre, die uns noch einmal zum Pass hinauf führte, bekamen wir einen guten Blick:

Der Ort liegt sichelförmig zwischen mit dichtem Nadelwald bewachsenen Ausläufern des Oberharzes. Vorne gefällt eine Reihe verlassener Bergmannskaten, dahinter quetschen sich weiß getünchte Puppenhäuser an die Straße durch das enge Tal, bis es an Breite gewinnt und Platz für den Markt und eine etwas unscheinbare Holzkirche bietet.

Um das Panorama ansprechend zu finden, versuchten wir, das Kurhotel zu ignorieren, das von vorgeschobenem Hang aus, mit seinen protzigen Balkonterrassen, wie die Burg eines besonders geschmacklosen Raubritters, dem Reisenden Zoll aus dem Auge nimmt. Dann folgten wir dem hysterischen Marsch einer Nordic-Walking-Gruppe.

Während des Abstiegs, für den wir etwa eine Stunde brauchten, sah ich oft zur Seite. Dianas Kinn mochte ich besonders. Immer leicht vorgeschoben, verlieh es ihr einen trotzigen Gesichtsausdruck. Auch ihr Lachen mochte ich, das so hell und natürlich war, fast unschuldig.

Ob sie auch daran dachte, dass die nächsten anderthalb Tage unsere letzte Chance waren, oder ob sie ihren Entschluss schon gefasst hatte und nur auf den richtigen Zeitpunkt wartete? Sie war fast zehn Jahre jünger als ich. Mit dreiundzwanzig, da schenkt man sich lieber dem Moment als einer Zukunft. Was konnte ich also hoffen?

Als wir das Ortsschild erreichten, waren meine düsteren Gedanken tiefer Müdigkeit gewichen. Zur Abenddämmerung machte die kleine Stadt ihre Lichter an, das Glockenspiel an der Kirche spielte „Glück auf, der Steiger kommt!" und ein Bächlein stieß dünne Eisschollen gegen die Steine entlang der Brücke. Wir waren ganz benommen, als wir die Pension fanden.

Die Wirtin sagte, wir wären zu jung für die Gegend. Wieder ungestört, zogen wir uns aus, krochen unter die Bettdecke – und schliefen ein.

Von Geburt an belastet man uns mit Schuld. Dass wir an der Mutter saugen, schuldig!, lernen, Dreirad zu fahren, schuldig!, später Zweirad, und wie man eine Steuererklärung ausfüllt. Schuldig, schuldig! Graue Haare, sagt der Lehrer, schuldig! Vom kollektiven Erbe ganz zu schweigen. Später, um das Gleichgewicht wiederherzustellen, werden auch wir zu Richtern und verteilen Schuld aus vollen Händen.

Der Regen sollte schuld sein, dass wir keine Leidenschaft mehr füreinander auftreiben konnten? Warum blieben wir dann nicht im Bett und gaben Flecke ab, hier, umgeben von Schnee?

Beim Morgengrauen machten wir erste Bekanntschaft mit dem Service der Pension: Dem Bäcker, seinem Asthma und einer Plastiktüte Brötchen. Die Brötchen mussten schuld gewesen sein, dass wir aufstanden und uns an den Klapptisch setzten, wo wir bald übereinkamen, uns nacheinander den örtlichen Attraktionen zu widmen, deren Besuch uns die vielen Broschüren nahelegten, von denen auf jeder Ablage ein Fächer lag.

Das Uhrenmuseum mochte verborgenen Spielverderbern in uns als der geeignete Platz erscheinen, die winzigen Flammenzünglein zu ersticken, die noch geblieben waren.

Bad Grund ist voll und ganz in den Händen des Kurbetriebs. Neben den Uhren befindet sich, reich ausgestattet mit getönten Fenstern und anderen architektonischen Umsetzungen der Geldgier, das „Haus des Gastes", ein Stück weiter ein Solebad, dazwischen Cafés und Souvenirläden, Fachwerkfassaden, im Ortskern dann, rund um Markt und Kirche, gehobene Restaurants, die heimische Fleischgerichte und Bratkartoffeln anbieten, aber auch ein Italiener und, unglücklich abweichend vom Traditions-Mimikri, ein Penny-Markt aus Betonplatten.

Wir hatten uns reichlich umgesehen, ehe das Museum öffnete. Auffällig war das fortgeschrittene Alter der meisten Kurgäste. Ein Pärchen, das ebenfalls die Uhren besichtigen wollte, bewies, dass der Geist bereits ein Weilchen vor dem Körper die Schwelle zum Jenseits überschreiten kann. Es bezichtigte uns des Vordrängelns, und das, obwohl außer uns nur noch ein Tattergreis Einlass begehrte, dessen Kurschatten eine Sense trug.

Was uns dann im Inneren des Gebäudes begegnete, verschlug uns glatt die Sprache: Wie raffiniert die Uhrmacher der Vergangenheit mit Rädchen und Federn umzugehen gewusst, wie sie wahre Kunstwerke geschaffen hatten, nur um Zeit zu zerhacken! Beeindruckend die Sammlung Schwarzwälder Standuhren, allesamt Unikate, überwältigend das Ticken und Tacken von Raum zu Raum, von feinster Mechanik bis zum groben Guss der Turmuhrwerke, was das Herz begehrte! Und in einer Nische waren zwei Keramikhunde ausgestellt, deren Augen – Wahnsinn oder Genie? – links Stunden und rechts Minuten anzeigten, so dass sie um viertel vor drei schielen würden. Nachdem wir das Museum verlassen hatten, schwiegen wir noch immer. Erst, als wir vor einem Zigarettenautomaten stehen geblieben waren und ich nach Münzen kramte, fanden wir Worte: „Naja", sagte Diana. Meine Antwort, ohne aufzublicken: „Tja."

Auch wenn wir in unserer Begeisterung für Uhren übereinstimmten, hatten wir sonst wenig gemeinsame Interessen.

Etwas abseits der Straße befand sich ein kleines Café, das uns schon am Morgen aufgefallen war. Die überdachte Holzveranda, einem Fachwerkhaus angeschlossen, dessen altertümliche Fenster bis zur Absurdität verzogen waren, kam uns reichlich morsch vor. Ein Windstoß schien zu genügen, sie zusammenfallen zu lassen. Im Inneren wurde der Eindruck noch verstärkt: Vor einem gläsernen Kuchenbüfett konkurrierten vier dünnbeinige Jugendstiltische mit ebenso fragilen Stühlen der gleichen Epoche um den kaum vorhandenen Platz, in zwei Regalen dahinter drängte sich feines Porzellan, und an den Wänden hingen, wahrscheinlich zur Verbesserung der Statik, unzählige Spitzendeckchen, die vom Fleiß der hiesigen Bergmannsfrauen zeugten.

Die Dame des Hauses, eine füllige Matrone, die uns heiße Schokolade brachte, passte so gar nicht hierher.

Es war uns bereits zur Gewohnheit geworden, aneinander vorbeizureden. Ich hielt meinen Monolog über das seelische Ungemach, das mir das Schreiben bereitete, sie drehte den Löffel im Glas, bis ein kleiner Malstrom entstand, der den Zucker einsog, und fragte mich, ob ich in vierzehn Tagen zu dem Konzert ins Tommy-Weißbecker-Haus mitkäme. Wieder einmal machte ich ein Versprechen, von dem ich im Voraus wusste, dass ich es nicht halten würde. An Punkrock hatte ich momentan keinen Gewinn. Besoff mich, stellte mich irgendwo an die Wand, verschränkte die Arme, wippte überheblich mit dem Fuß und meinte, alles schon gesehen und alles schon gehört zu haben. Punkrock kam mir vor wie eine verbrauchte Nutte, die bloß noch für den nächsten Schuss lebte.

Das Wasser im Becken des Solebades war zwischen den Wurzeln der Nadelbäume ins Erdreich gesickert. Hatte Salzkristalle von Stein und Erz gewaschen, im Berg, war in hohlen Kammern auf Stalagmiten getropft und wieder eingesickert, hin und fort, bis zu den Pumpen unter dem Tal.

Im Prospekt wurde seine Heilkraft mit den üblichen Floskeln angepriesen: Namenlose Wissenschaftler waren mit nicht näher beschriebenen Forschungsergebnissen zur Hand, und Wilhelm II. hatte als Kind darin gebadet. Auch wenn sein verkrüppelter Arm trotzdem nicht auf normale Größe gewachsen war, so verfügte Bad Grund für den Leichtgläubigen über das wirksamste und beste Heilwasser aller Zeiten, zumindest was äußere Anwendung betraf.

Wir dagegen waren der Meinung, dass es nach Fisch roch und zu kalt war, und angesichts der anderen Badegäste, einem Dutzend Rentner, das nach den Anweisungen einer schlecht gelaunten Trillerpfeife wassergymnastische Übungen vorführte, mutmaßte Diana, dass, dem Geschmack nach, Sole ganz allgemein gegen Blasenschwäche angewendet würde.

Der Abend kam schnell. Die Nacht würde kurz werden, wenn wir uns nicht beeilten. Es war kein gutes Zeichen, dass Diana so bummelte. Blieb an jedem Schaufenster stehen; zählte die Amethyste in den Auslagen der Mineralienhändler, schürzte die Lippen vor dem

Seifengeschäft, konnte sich kaum losreißen, als wenn sie der Zeit davonschlich.

Wenn ich sie anfassen wollte, machte sie sich klein. Ich versuchte, mir nichts von der aufsteigenden Ungeduld anmerken zu lassen. Tat freundlich, scharwenzelte um sie herum und blies ihr die Löckchen aus dem Nacken. Bis sich Diana umdrehte, mich feindselig anstarrte und sagte: „Sag mal, bist du bescheuert!? Es ist vorbei, kapier' das doch endlich!"

Ein Schlag vor den Kopf. Den ganzen Tag über hatten alle paar Minuten sexuelle Phantasien meine Vorahnungen übertüncht wie eine Lachspur die Witze einer miesen Vorabendserie. Nun wurde der Abgrund sichtbar. Ich ruderte mit den Armen. Sie hatte doch gesagt, dass sie mich liebe. Verlogenes Zeug! Noch während der Zugfahrt hatte sie mich angelacht mit ihrem Duft. Show! Selbst im Fallen krallte ich mich an romantischen Vorstellungen fest, von denen ich längst hätte wissen müssen, dass sie nichts als Blasen der Angst waren. Der Angst vorm Alleinsein. Ich dein, du mein. Dann schlug ich auf. Im selben Moment stieß ich den Besitz, der mich nicht wollte, von mir:

„Ach, verpiss dich doch! … Warte!"

Diana hatte sich umgedreht und lief auf die Straße zu. Ich holte sie ein. Als sie stehen blieb und auf meine Schuhe blickte, wollte ich den Arm um sie legen, aber sie stieß mich weg: „Lass mich in Ruhe!"

„Es tut mir leid."

„Es tut dir überhaupt nicht leid! Du tust dir nur selbst leid!"

Wir gingen schweigend die Straße hinauf. Es hatte zu schneien begonnen. Flocken wie Watte.

Dieser Februar sollte der schneereichste seit neunzehnhundertachtundsiebzig werden. Aber das war nichts Besonderes für jemanden, der von außerhalb des Universums zusah.

Bad Grund, Haus „Hellmann", Appartement, 25,-Euro / Nacht. Inklusive Brötchen, Bettlaken und Anrecht auf Kurausweis. Keine Hunde.

UNERWÜNSCHTER EINBLICK

VOLKER STRÜBING

Bali – Insel der Götter, Land des Lächelns, Paradies auf Erden. Ich bin viel zu skeptisch, zu sehr auf die negativen Seiten an allem und jedem fixiert, als dass ich auch nur einen Moment an die Versprechungen in den Reiseführern geglaubt hätte. Aber schön war es ohne Zweifel, und hin und wieder gelang es mir für einen Moment, alles andere zu vergessen.

Ich saß im Restaurant einer Backpacker-Herberge in Padangbai und schlürfte köstlichen, eiskalten Wassermelonensaft. Das Hotel wuchs in drei Ebenen an einem Hügel am Rande des Ortes empor und bot wunderbare Ausblicke auf das Dorf, den Strand und die vielen bunten Fischerboote. Am Fuße des Hügels, nur ein paar Meter vom Eingang des Hotels entfernt, lag ein verfallener chinesischer Friedhof, auf dem glückliche balinesische Kühe grasten, daneben standen drei eingeschossige Häuser mit roten Spitzdächern um einen quadratischen Hof, über dem die rotweiße indonesische Fahne wehte, aus einem der Häuser drang Kindergesang zu mir hinauf – die Schule des Ortes. Einen Kilometer dahinter: der Hafen. Gerade fuhr eine der großen Fähren nach Lombok aus. Das Restaurant war nach drei Seiten offen, eine kühle Brise machte die schon zu dieser Uhrzeit brütende Hitze erträglich. Trotzdem lief mir Schweiß von der Stirn. Na, ich bin ziemlich dick, und die Tropen sind nicht der beste Ort für Leute mit Übergewicht.

Ich nahm einen Schluck des bittersüßen balinesischen Kaffees, kippelte mit meinem Stuhl und verschränkte die Hände über meinem Bauch.

„Morgen Daniel!“, Roland kam die Treppe zum Restaurant hinauf, ein spacker Mittdreißiger, mit Sonnenbrand auf leberfleckiger Haut und einer Stirnglatze auf dem spitzen Schädel. Er trug bunte Shorts und ein Billabong-T-Shirt. Ich hatte ihn und seine Freundin Corinna vor drei Tagen kennengelernt; seitdem waren wir zu dritt unterwegs. Es war schön, ein paar Tage mit denselben Leuten rumzuhängen, auch wenn die beiden ziemlich langweilig und nicht gerade die hellsten waren – jeder bekam wohl die Mitreisenden, die er verdiente.

„Morgen Roland, wie geht's?“

„Jetzt ganz gut“, antwortet Roland und setzte sich. „Aber die Nacht war grässlich.“

Erspar mir die Details, dachte ich, ich habe ohnehin alles mit angehört. Roland hatte Durchfall und die dünnen Wände des Hotels hatten das Geräusch von flüssiger Scheiße, die unter hohem Druck aus ihm herausschoss, kaum dämpfen können.

Seine Freundin kam mit zerknautschtem Gesicht und auf Halbmast hängenden Augenlidern heraufgeschlichen. „Morgen Corinna“, begrüßte ich sie.

„Hi Daniel“, Corinna ließ sich auf einen Stuhl fallen, stellte die Ellbogen auf den Tisch und vergrub ihr Gesicht in den Händen. Nach ein paar Sekunden hob sie den Kopf, blinzelte verschlafen in die Runde und sagte mit aufgesetzter Munterkeit „Hach, ist das schön hier.“

Die Kellnerin, eine junge Frau mit bezauberndem Lächeln, fast noch ein Mädchen, kam an den Tisch und nahm die Frühstücksbestellungen auf.

„You want more kopi?”, fragte sie mich. Ich nickte dankbar. Sie ging zurück zur Küche und ich beobachtete ihren Hintern, erwischte mich dabei, schämte mich und wandte mich schnell meinen unattraktiven Mitreisenden zu.

„Süßes Mäuschen, was?“, meinte Roland und zwinkerte. Corinna boxte ihm gegen die Schulter: „Du Schwein, das könnte deine Tochter sein!“

„Na und? Mensch, war doch nur 'n Witz!“

„Jaja, am liebsten würdeste doch eine von denen nehmen!“, brummte Corinna und zeigte auf die Schule. Die Pause hatte begonnen, Mädchen und Jungen in hellen Schuluniformen liefen auf den Hof und lärmten und lachten.

„Für mich gibt's nur dich!“, schmalzte Roland. Gestern Abend beim Männergespräch an der Bar hatte das noch ganz anderes geklungen.

Kurz darauf brachte die Kellnerin den Kaffee sowie das Frühstück für Corinna und Roland, Banana-Pancakes und Obstsalat. Während sie aßen, beobachtete ich das Mädchen, das in die Küche zurückkehrte und die Tür hinter sich offen ließ.

„Oh nein!", stöhnte ich einen Augenblick später.

„Was'n?", wollte Roland mit vollem Mund wissen und ich nickte in Richtung der Tür: Das Mädchen beugte sich über einen Tisch und bügelte.

„Ja, und?"

Ich seufzte. „Das ist meine Wäsche. Hab ich gestern an der Rezeption abgegeben. Für den Laundry-Service."

„Ja, und?"

„Naja, ich weiß nicht. Irgendwie habe ich nicht daran gedacht, dass sie das auch hier waschen und bügeln … und … dass das Mädchen das macht."

Roland schluckte den Bissen herunter und fragte noch einmal: „Ja, und?"

„Was sie da bügelt, ist mein *Schlüpfer*!", sagte ich und jetzt musste Roland lachen: „Haha, stimmt, hab ich mich auch schon drüber amüsiert, dass ich meine ‚10er-Pack-5-Euro-Schlüpper' sorgfältig gebügelt zurückbekomme!"

„Jaja, toll, aber das ist doch peinlich. Wahrscheinlich hat sie das alles auch gewaschen." Was für eine Situation. Ich, der fette, schwitzende Europäer, daheim alles andere als ein Erfolgsmensch, ließ mir von jungen, armen Frauen den Dreck aus der Unterwäsche schrubben. Hoffentlich waren keine Flecken zu sehen gewesen; vorgestern hatte ich mir auf einer Wanderung an den Felsen über dem schwarzen Strand einen runtergeholt. Ich hatte mich nur notdürftig abwischen können, weil ich plötzlich die Stimmen sich nähernder Männer gehört hatte. In einem Moment scheinbarer Klarheit glaubte ich zu erkennen, dass ich das widerwärtigste Geschöpf im ganzen Universum war. Das Blut schoss mir ins Gesicht.

In diesem Moment fiel mir nicht auf, dass der Gedanke, ich sei der widerlichste unter allen Menschen nur eine, wenn auch etwas bizarre Form von Größenwahn ist. Andererseits: Wäre es mir zu

Bewusstsein gekommen, dann hätte ich gleich noch einen Grund mehr gehabt, mich zu verabscheuen …

Roland schob den leer gegessenen Teller von sich und schaute mich gutmütig an. „Naja, solange keine Wichsflecken drin waren", versuchte er mich zu beruhigen.

„Roland!", fauchte seine Freundin.

„Sorry! Mensch, die haben doch garantiert 'ne Waschmaschine!"

„Na und? Selbst wenn: Trotzdem steht sie jetzt da und muss meinen Schlüpfer bügeln. Und ich schlürfe genüsslich meinen Kaffee und gucke ihr zu. Kannste nicht verstehen, dass das unangenehm ist?"

„Hm. Erinnert mich an den guten alten Witz: ‚Mutter, ich kann nicht sehen, wie du dich abrackerst. Mach doch mal die Küchentür zu!' Mensch, Daniel, die ist doch froh, dass sie einen Job hat und ein bisschen was verdient."

Ich hob die Arme und verdrehte die Augen „Jaja, ich weiß. Gelobt sei meine dreckige Unterwäsche, denn sie schafft Arbeitsplätze. Das einzige Bewertungskriterium, das heutzutage noch zählt."

„Quatschkopp!", Roland schob den Teller von sich und wischte sich mit der Serviette den Mund. „Die ganze Insel lebt vom Tourismus. Wenn wir nicht mehr kommen und uns verwöhnen lassen, geht hier alles vor die Hunde. Unser Urlaub ist deren Hoffnung!"

„Hoffnung worauf? Auf eine Anstellung als ungelernter Hilfskellner oder Blasrohrverkäufer oder Strandmasseuse oder Nutte oder Schlüpferwäscherin?! Wir schaffen Arbeitsplätze für Diener!"

„Na und? Ich bin Koch, die Corinna ist Friseuse. Meinste, andern Leuten in den Haaren rummachen ist besser als Wäschewaschen? Bei dir mag das was anderes sein, aber wir haben auch Arbeitsplätze für Diener." Er knuffte mich freundschaftlich in die Seite: „Klar. Schlüpperschrubben ist'n Scheißjob, aber im Gegensatz zu dir hat sie wenigstens eine *ehrliche* Arbeit."

Roland zwinkerte und ich verzog das Gesicht. An unserem ersten gemeinsamen Abend hatte ich den beiden erzählt, ich arbeite in der Werbung. Dann hatte ich hinzugefügt: „Grafik, keine große

Sache" in der Hoffnung, sie würden das als falsche Bescheidenheit interpretieren. In Wirklichkeit war ich in einem Copyshop angestellt und wurde gelegentlich mit der Gestaltung von Speisekarten, Flyern und Einladungen zu Stadtteilfesten oder Lesungen betraut. Verärgert verschränkte ich die Arme. „Haha, sehr witzig. Haste mal ausgerechnet, wie viele Tonnen Unterwäsche das Mädchen waschen muss, damit sie einmal ‚Indenhaarenrummachen' bei deiner Freundin bezahlen kann?!"

„Schluss jetzt!", rief Corinna. „Ich bin hier, um Urlaub zu machen, verstehst du? Meinste, das Mädel hat irgendwas davon, wenn wir uns von schlechtem Gewissen den Tag verderben lassen? Wenn du dem Mädchen helfen willst, dann geh in die Küche und bügle deine Schlüpfer selber. Ich würde jedenfalls lieber schnorcheln gehen. Kommt wer mit?!"

„Ist ja gut. Hast ja Recht", winkte ich mürrisch ab, setzte mich so, dass ich die Küchentür nicht mehr sehen konnte und nahm meinen Kaffee in die Hand. Unten auf dem Schulhof spielten ein paar Mädchen Gummihopse. Eine zeigte zu uns hoch, die anderen drehten sich um, lachten und winkten. „Hello Misses!", brüllte Roland und winkte zurück.

MALLE UND ABWINKEN

ULI HANNEMANN

Im Grunde ist es die reine Schnapsidee: Der Tagesausflug von Barcelona nach Malle, bloß um die Freundin meiner Freundin zu besuchen, die dort als Reiseleiterin arbeitet. Schlappe sieben Stunden über Nacht mit der Bummelfähre hin – Ankunft um sechs Uhr morgens.

Das Frühstückscafé gehört einem Deutschen. Auf Malle gehört alles einem Deutschen, was nicht zwei Deutschen gehört, oder drei. Beim Frühstück aus Schnitzeln, Erbsen und Möhrchen schildert uns Barbara – „Tante TUI", wie sie die Kinder ihrer Pauschalurlauber nennen – die auf Malle wohnenden Deutschen als halbseidenes Gesindel aus ehemaligen Zuhältern, Schalke-Präsidenten und ähnlich leichtflüchtigen Groß- und Kleinkriminellen, die, wie man munkle, auf Partys Frauen Taschenlampen in den Arsch steckten. Versonnen grinst der schmierige Cafébesitzer am Nebentisch. „Wenn es nun mal so dunkel ist", denkt er wohl, falls er überhaupt irgend etwas denkt.

Nach einem Badetag in für passionierte Prinzenbadbesucher ungewohnt deutscher Umgebung, folgt das Highlight des Ausflugs: Eine Tour mit dem „Partyschiff" – einem großen Katamaran, der zu den Klängen eines megahippen DJs megahippe Gäste dreieinhalb Stunden lang kreuz und quer durch die Abendsonne rund um Malle schippert. Inklusive Essen sowie Sangria und Bier bis zum Abwinken. Erwartet werden junge, schöne, coole und gutgelaunte Menschen – da stellt sich natürlich die Frage: Was, zum Geier, haben wir, was habe vor allem ich, einmal abgesehen vom Bier und davon, dass wir wegen der Reiseleiterin nur für eine Person bezahlen müssen, dort zu schaffen?

Naheliegend wäre nun das Übliche: Ich mache mich mal wieder absichtlich winzig klein, um (scheinbar) am Boden liegend, aus also unangreifbarer Position heraus, in misanthropischer Manier gegen junge, schöne, coole und gutgelaunte Menschen zu hetzen, auf die ich im Grunde meiner von Selbstzweifeln zernagten Seele doch bloß neidisch bin. Für diesen von mir zur Perfektion entwickelten Stil habe ich sogar einen eigenen Fachbegriff kreiert, die „investigative Larmoyanz".

Doch diesmal ist alles anders, ehrlich – das spüre ich schon, als ich an Bord gehe. Kleinmut und Arroganz sind von mir abgefallen wie der schmutzige Staub einer beschwerlichen Wanderung durch die Wüste der Irrungen. Diesmal gehöre ich voll dazu, ich bin einer von ihnen. Ich bin cool und gut gelaunt. Das macht der Urlaub. Er schenkt mir eine andere, neue, bessere Identität. Nix denken, viel strahlen. Super! Ich bin nicht mehr Nörgel-Uli. I bin der Joe aus Graz. I bin Snowboardlehrer. I mach Urlaub auf Malle. I geh aufs Partyschiff – Buam, was geht ab?

Ab geht, dass uns am Steg der Kapitän empfängt. Noch vor einer Woche hätte ich ihn in bedenkenloser Unfairness als „diese übelst glitschige Sorte Ski-, Surf-, Tauch- und Tennislehrermensch" bezeichnet. Jetzt ist er einfach nur saucool. Saucool busselt er, mehr Kopulations- denn Begrüßungsformel, erst die Freundin meiner Freundin ab und dann meine Freundin. Selber schuld – warum hat sie nicht besser aufgepasst? Saucool küsse ich den Skipper. Selber schuld – warum hat er nicht besser aufgepasst?

Ein Besatzungsmitglied fotografiert jede Gruppe, die an Bord geht. Zu Reggaemusik sticht der Katamaran in See. Sofort fangen alle heftig an zu trinken. Alles ist schön. Ich finde beim besten Willen nicht das kleinste Wermutströpfchen in dem unschuldigen Amüsement der jungen und schönen Menschen. Ich bin schließlich selber jung und schön. Ich habe mich selber schön getrunken, das geht, hier geht alles, hier herrscht ein slightes Gefühl des „anything goes" – hier bin ich cool, hier darf ich's sein. Die Musik wird chilliger, danach ein bisschen Techno. Umms, umms – i bin der Joe aus Graz. Die Freundin meiner Freundin holt alle fünf Minuten Bier. Die Sonne steht tief, der Seewind pustet mir durchs hippe Haupthaar. Ich liebe mich. Und nicht nur mich – ich liebe sie alle, auch diese Gruppe braungebrannter Metrosexueller, die auf den Matten am Heck lümmeln, und die ich noch vor kurzem in faschistoider Dumpfheit als „gestylte Schiffsschwuchteln" diffamiert hätte. Dabei bin ich doch selber metrosexuell. Heutzutage ist doch jeder metrosexuell, wenn er nur mit Messer und Gabel essen kann.

Die Mädchen sind auch schön. Alle umarmen sich. Trinken. Fangen an zu tanzen. Umms, umms. Dann fotografieren sie sich gegenseitig beim Umarmen, beim Trinken, beim Tanzen und beim Fotografieren vom Umarmen, Trinken, Tanzen sowie beim Fotografieren vom Fotografieren beim Umarmen, Trinken, Tanzen und beim Fotografieren vom Fotografieren, vom Fotografieren …

Umms, umms. Barbara bringt neues Bier. Wir essen – sie will nicht. Sie will nur trinken. Sie sagt, das sei besser – sie sei zu dick. Sie will auch noch länger zu den jungen, schönen, coolen und gut gelaunten Menschen gehören. Die posen bei jeder Bewegung und bei jedem Foto. Jede Geste sitzt, wie einem Videoclip entsprungen. Sogar beim Saufen gucken sie sich noch selbstverliebt zu – eine völlig neue Auslegung des Begriffs „Spiegeltrinker". Sollen sie doch. Es sind gute Menschen. Ich liebe sie alle.

Kurz vor Sonnenuntergang gibt es am Bug Delphinalarm. Alle springen auf und rennen aufgeregt nach vorne. Wir beobachten Delphine, während wir Thunfischsalat essen, und Flipper peilt's nicht – Mann, sind wir cool!

Als alle besoffen genug sind, werden uns die anfangs gemachten Bilder als Erinnerungsfotos angeboten. Zu fünf Euro das Stück. Unverschämtheit. Wir kaufen unseres sofort. Wir sind die einzigen – obendrein ist das Foto ein herber Rückfall in punkto Jugend und Schönheit. Vielleicht sollte ich besser das von den beiden Viva-Wuschis auf der Bank gegenüber nehmen.

Langsam wird es dunkel – fast alle tanzen jetzt. Volltrunkene Tanzmäuse schlackern im Fahrtwind. Umms, umms, umms! Nach dem fünfzehnten Bier weint die Freundin meiner Freundin – ich weiß nicht, ob vor Freude, Weltschmerz, Trunkenheit oder ganz pauschal wegen ihres Jobs. Wir umarmen sie. Sie umarmt uns. Alle umarmen alle. Peace. Erbsen. Möhrchen. Menschen. Umms, Umms. I bin der Joe aus Graz. I bin Abortleerer. Nach dem zwanzigsten Bier springe ich auf und gebe achtern zwischen den Metrosexuellen den Posemuckel. Meine supercoole Freundin versucht, mit einem Bier in der Hand auf den Mast zu klettern. Das Partyschiff legt an. Gott sei Dank!

Es ist dunkel. Als wir von Bord gehen, stützen meine Freundin und ich die Freundin meiner Freundin. Der Kapitän mag sie nicht mehr küssen. Mit einer Taschenlampe beleuchtet er demonstrativ den Steg. „Guck mal – Tante TUI", staunt ein Kind, als die Reiseleiterin auf der belebten Bummelmeile des Mallekaffs geschmeidig in einen Papierkorb göbelt. Spatestens in diesem Moment fällt unser aller Coolness wie ein Kartenhaus in sich zusammen – ein Kartenhaus aus den gezinkten Trümpfen Hoffnung, Wunschbild und Selbstbetrug sowie zu guter Letzt natürlich dem good old Pik As Alkoholmissbrauch.

Am nächsten Tag bin ich vollkommen fertig. Ich bin wieder Nörgel-Uli. Schlappe sieben Stunden über Tag mit der Bummelfähre zurück. Schwimmen wäre schneller. Delphine Steuerbord, Delphine Backbord, Delphine, die dem Schiff folgen, um affig über die Heckwellen zu schwuchteln. Delphine bis zum Abwinken.

DOGMARURLAUB

YANEQ

Urlaub ist zum Ausruhen, Reisen dient der Aufklärung. Diese goethesche Ansicht ist mit der Ankunft der Hippies in der Mittelklasse zum Allgemeinplatz geworden. Und so haben sich die sensiblen Bildungsbürger Nordeuropas ihre Häuschen in die Toskana oder an die Algave gestellt und die Freaks ihre Hütten am Strand von Goa ausgebaut, um dann bedauernd festzustellen, dass diese ehedem abgeschiedenen Paradiese nun jedem zugänglich sind und die Einheimischen ja doch nur aufs Geld aus seien. Ja, bitter ist die Welt und voller Widersprüche. Und nichts bleibt, wie es einmal war.

Hab ich alles schon gemacht: Mit dem Rucksack auf Hippietrail durch Südostasien oder durchs sozialistische Kuba zuckeln, um sich nur ja vom Pöbel in den Hotelburgen zu unterscheiden, indem man die Quartiere, die im Lonely Planet ausgewiesen sind, mit den Peers bevölkert. Eitel ist sie, die Jugend. Doch inzwischen scheiße ich auf Fernreisen. Teure und anstrengende Langstreckenflüge für die Massen zerstören nur die Ozonschicht und dann muss man wieder mehr Geld für UV-Schutz in der Sonnencreme ausgeben, wenn man am Strand von Thailand liegt. Ist auch bloß die Logik des Kapitals: Die Spirale weiter nach oben drehen. Nein, Strände haben wir auch in Europa. Und zum Imsandrumliegen reichen Malle und Teneriffa vollauf aus.

Ist auch billiger. Raus aus der City, ran an den Pool und dann am Buffet: Fressen, fressen, fressen. Großstadt raus, Ruhe rein, ein paar gute Bücher und dann frisch ausgeruht zurück ins Alltagsleben. Ich bin für Urlaub machen. Wer reisen will, soll in die Videothek. Da gibt's die Welt ohne zwölf Stunden Flugzeug.

… dacht ich mir und setzte mich vor den Rechner, um im Netz nach Billigangeboten zu forschen. Eine Trendwende im Tourismus steht bevor und ich werde sie einleiten! Die Zauberformel im Zeitalter der Abkürzungen: AILMAA – All Inclusive, Last Minute und All Alone.

„Alleine?“, fragte meine Freundin Maren mit echtem Mitleid in der Stimme am Telefon, nachdem ich ihre vorausgehende Suggestivfrage „Aber bestimmt mit deiner Freundin?!“ negativ beschieden hatte.

Ja doch, alleine! Macht mir gar nichts aus. Ich mag mich meistens und hab selten Langeweile, komme gut mit mir zurecht und bin oft mit mir einer Meinung. Keine Diskussion und kein Stress, wenn ich mit mir zusammen bin. Gute Vorraussetzungen also, um mit mir einen entspannenden Kurzurlaub zu verbringen.

„Och, Jan!“, Marens Empathie tropfte aus dem Hörer und es spritzte ein „Bei dir armen Kerl klappt's aber auch nie“ unüberhörbar mit aus der Muschel. Immer diese, als Mitgefühl getarnte, aggressive Vereinnahmung der in Pärchenstrukturen lebenden Zwangsmonogamen. Ich wollte bloß ein wenig Urlaub machen, relaxen und raus, raus, raus! Wohin war eigentlich egal. Einfach mal ausspannen vom alltäglichen Nachtleben und den ganzen Menschen. Nur drei Vorsätze hatte ich: Kein Strand, kein Alkohol, keine Kultur! Dogmaurlaub in der verkommenen Branche des Mainstream-Massentourimus war die Devise.

So landete ich letztes Jahr, als in Berlin der Winter zu Ende ging, an der türkischen Riviera. Wer jetzt hier schlaumeiert, das sei nicht Europa, dem schleuder ich ein „CSU-Sack“ entgegen, „Ab zurück in die Provinz.“ Türkei bleibt Beitrittsland! Und billiger als Malle war es auch. 380 Euro für eine Woche Vollpension und freies Trinken, Flug und Bustouren fand ich ok. Mein erstes All-Inclusive-Erlebnis stand bevor.

Sportlich wie ich bin, reiste ich ganz ohne Bargeld in der Tasche an, was zu ersten Komplikationen führte, weil ich so nichts an Trinkgeld dabei hatte und der Busfahrer, der uns vom Flughafen in Cide zum Hotel brachte, wollte bedacht sein. Ich musste also wohl oder übel gleich am ersten Tag eins meiner Dogmen brechen und das Hotel verlassen, um in der nächsten Stadt zum EC-Automaten zu fahren.

Schon mal da besichtigte ich dann doch eine Römersiedlung, die zufällig am Stadtrand lag. Was soll ich sagen: Auch nichts anderes als die Hotelburgen, die ums Mediterrane rumliegen, bloß zweitausend Jahre älter. Die Römer waren die ersten wirklichen Franchiser der Geschichte, die McDonald's der Antike quasi. Sie bereisten mit ihren Schiffen alle Mittelmeeranrainer und zogen Siedlungen nach Blaupause hoch: Amphitheater, Kopfsteinpflaster, Krankenhaus und Bücherei, große Häuser, kleine Häuser – fertig ist die Römerstadt. Sieht alles aus wie Xanten, irgendwie. Oder Malle, halt. Also zack zurück in die Zukunft, in meine Hotelburg.

Zum Glück ging Ende März gerade mal die Nebensaison los, erste Gäste spärlich, viele im Rentenalter und ein paar Familien. Nichts mit dem ich reden müsste. Abends saß ich dann in der Lobby, las eins meiner mitgebrachten Bücher, schlürfte meinen gezuckerten, wässrigen O-Saft und blieb auf arroganter Distanz zum Pack. Endlich Ruhe, kein Quatschen, kein Saufen, kein Nichts. Alles, wie ich es mir erhofft hatte. Bis, ja bis am dritten Abend ein langer Kerl, so Anfang zwanzig, mit ein paar Lücken in der vorderen Zahnreihe, auf mich zutrat und sich vorstellte: „Hallo, ich bin Matthias."

Ich legte das Buch zur Seite und sagte: „Hallo Matthias, ich bin Jan." Das hätte ich nicht tun sollen, denn nun sollte ich auch mein „Kein Alkohol"-Dogma brechen.

Wir machten ein bisschen Konversation und es stellte sich raus, dass Matthias mit seiner Mutter, Gabi, aus Wilhelmshaven angereist war. Er war arbeitsloser Krankenpfleger, sie arbeitslose Taxifahrerin. Beide rauchten Kette und tranken genauso schnell ihre Cola-Rums. Gabi und Matthias erzählten mir, dass sie sich schon die letzten zwei Tage darüber gewundert hätten, warum ich immer so abseits säße. Ich erklärte ihnen, dass ich in letzter Zeit viel Trubel zu Hause hatte und mal ausspannen wollte. „Ach sou", sagten sie mit norddeutscher Einfärbung und zogen an ihren Kippen. Und da sie nette Leute waren und ich nicht asozial sein wollte, trank ich mit ihnen, was dann ziemlich ausuferte, denn nach dem dritten Cola-

Rum war es vorbei mit meiner vornehmen Zurückhaltung. Ich redete laut und mit vielen.

Später in der Nacht, als sich Gabi schon mit rauer Stimme verabschiedet hatte, wollte Matthias mich noch überreden mit ihm und der frischgebackenen Abiturientin aus Baden-Württemberg, die wir gerade eben kennengelernt hatten, in den Hotelpool zu hüpfen, was ich dankend ablehnte. Stattdessen nahm ich noch einen Hieb frische Luft auf der Terrasse und ging dann schlafen. Am nächsten Morgen berichtete mir Matthias stolz grinsend, dass es zwischen ihm und der Badener Abiturientin noch zu sexuellem Austausch gekommen sei.

„Wunderbar", sagte ich und mein Schädel brummte von der Nacht.

„Komm, wir gehen das Kondom suchen", rief Matthias mit ungebremster Euphorie, die ich gerade noch abwehren konnte.

„Nee, lass mal gut sein. Ich les nen bisschen." Wer hat denn so was schon gehört? Kondom suchen? Tagsüber hielt ich mich bedeckt, zog mir eine Liege in den Schatten und las meine Bücher.

Da ich jetzt eh schon zweimal mein AILMAA-Dogma gebrochen hatte, machte es nun auch nichts mehr aus, dass ich irgendwann dann doch runter zum Strand ging – immerhin knapp 500 Meter vom Hotelpool weg gelegen, auf denen man alle paar Schritte von einem anderen Verkäufer angesprochen wurde. „Hey, wo kommst du her? Where are you from?"

„Aus Deutschland," sagte ich.

„Das hab ich schon geahnt, Digger. Welche Stadt denn?", fragte der Verkäufer mit breitem Hamburger Akzent.

„Berlin."

„Ach nä, aber bidde nich Kreuzberg, oder?"

„Nee, Kreuzberg, Main", wollte ich erst sagen, blieb aber ernst. „Doch, klar! Wieso denn nicht?", fragte ich und wunderte mich warum das bei ihm keine Begeisterungsstürme auslöste – immerhin haben mir schon mal Istanbuler auf die Schulter geklopft, nur um mir für das beste Dönerkebab der Welt zu gratulieren. „In Istanbul nicht soo gutt. Toasten Brot nicht, wie in Kreuzberg!"

Nichts davon bei meinem Straßenverkäufer mit dem Hamburger Akzent. Der rief empört: „Kreuzberg? Bah, das sind doch alles Kanaken da", und verblüffte mich damit, denn gerade das ist es, was meine türkischen Freunde aus Kreuzberg auch immer sagen, bloß dass es bei ihnen irgendwie nach Stolz und nicht nach Verachtung klingt. Mir fiel kein richtiger Konter ein. Dafür stieß ich einen schwach gehüstelten Lacher aus, bevor ich schließlich leicht verwirrt zum Strand runterging. Das Wasser war toll. Auch im Winter.

Die kulturellen Zusammenstöße sollten nicht aufhören. An diesem vierten Abend spielte ich nach dem Essen mit einem der Türken eine Partie Backgammon oder Tavla, wie das Brettspiel in der Türkei heißt. Ich gewann. Mehr Türken sammelten sich um uns und ich gewann wieder. Es wurde geraunt, gemunkelt und gekämpft. Nichts zu machen: Der lange Deutsche war an diesem Abend unschlagbar. Voller Achtung wurde meine Hand von allen Umstehenden geschüttelt.

Am nächsten Morgen, ich saß gerade mit der ersten Tasse Kaffee und einem meiner Bücher am Frühstückstisch, kam ein Mann mit Schnurrbart, reichte mir die Hand und sagte: „I heard you are very gud Tavlaplayer. Can I play you tonight?" „Of course", sagte ich und traf ihn abends in der Lobby zum Match wieder. Alle anderen Türken waren komischerweise auch wieder da und sammelten sich um uns rum. Offensichtlich sollte die nationale Ehre zurückgewonnen werden. Was soll ich sagen: Der Schnurrbart zog mir die Hosen aus. Nachdem er sich eine sichere 3:0-Führung erspielt hatte, sagte er: „Sorry, I forgot to tell you: I am Grandmaster of Istanbul."

„Oh, no wonder", sagte ich.

Danach waren die Türken wieder zufrieden mit sich und keiner wollte mehr mit mir spielen. Ich hatte aber auch keine Lust mehr. Stattdessen trank ich ein maßvolles Glas Rotwein.

Matthias gesellte sich mit Kippe und Glas Cola-Rum zu mir und fragte in ernsthaft besorgtem Ton: „Sag mal Jan, du trinkst ja gar nicht richtig. Wassen los? Ist doch alles umsonst hier!"

„Ist richtig", sagte ich, „aber ich bin nicht zum Saufen hier, sondern weil ich mal ne Pause vom Saufen brauche. Ich verdiene mein Geld im Nachtleben."

„Ach sou", sagte er wieder, pfiff durch die Zahnlücke und ließ meine Worte sacken.

Gabi und Matthias hatten ihre Reise übrigens noch billiger erstanden, als ich die meine. Die vermeintliche Internet-Infoelite wird vom – von den Arbeitslosen präferierten – RTL-Teletext um Längen geschlagen: Die beiden zahlten jeweils bloß 280 Euro anstatt wie ich 380. Aber das machte nichts, immerhin brauchten die beiden die hundert Euro, um sie bei den obligatorischen Basarstops auf den im Preis enthaltenen Bustouren zu Natur- und Kulturdenkmälern der Region für Markenparfüm- und T-Shirt-Imitate auszugeben, die sie mir abends immer stolz am Pool präsentierten und dabei ihre Ausgaben mit den Preisen der Originalprodukte verglichen. Je höher die Differenz, umso größer der Respekt fürs Imitat.

Die Trendwende im Massentourismus ist eingeleitet: Alles durchgezogen, nur mit All Alone hat es nicht ganz geklappt. Dafür bin ich einfach zu sozial. Aber, hey: Lars von Trier hat bestimmt auch mal eine Tischlampe zu Beleuchtungszwecken missbraucht und seine Dogmaregeln flexibel interpretiert, denn wer die nicht bricht, vergisst die oberste, die da heißt: Du sollst sie ab und zu brechen!

Jetzt müssen wir bloß noch die Busse voller Rentner, die dauernd um die Pyramiden und Tempel dieser Welt juckeln, durch gratis Reisevideos für Altersheime ersetzen und wir haben eine bessere Welt.

SANDHÜGEL IM ATLANTIK

FRIEDERIKE VON KOENIGSWALD

A

Anthony sieht auf das Meer, direkt vor ihnen, glatt, weit und klar, monochrom türkis und darüber der Himmel, nur ein wenig dunkler. Er lehnt sich im Liegestuhl zurück, streckt die Beine aus. 25° C, so hatte er sich das vorgestellt, fast so.

„Die waren groß“, sagt Jim, „und wir hatten nur ein kleines Boot da im Labyrinth des Mangrovenwalds.“

„Wie die Haie“ Raoul macht eine Geste, die den gesamten Strand umfasst.

Der Strand ist endlos, denkt Anthony, wie die Phantasie von einem Strand, aber eben echt und er ist da.

„Krokodile“, sagt Jim und rührt bedächtig in seinem Cocktail. „Nachts fängst du sie am besten. Du musst nur eine Lampe haben und damit das Wasser abtasten. Ihre Augen reflektieren, so findest du sie. Dann strahlst du sie voll an und sie kommen von selbst zum Boot, wie hypnotisiert.“

„Haie auch“, sagt Raoul und leert sein Rumglas in einem Zug.

„Wer will denn Haie fangen?“ Anthony fährt sich genervt durch die dunklen Haare, „Könnt ihr nicht einfach die Aussicht genießen?“

Mit den beiden Männern sitzt er im Schatten der Sonnenschirme, in weißen Liegenstühlen auf dem weißen Sand und vor ihnen leckt das blaue Meer am Strand, wie im Reiseprospekt. „Welcome!“ steht über der Auffahrt zum Beach Ressort, erinnert sich Anthony, die zwölf kleinen Bungalows zwischen vereinzelten Palmen, und „Welcome!“ steht auch über der Bar, der kleinen Hütte aus Treibholz am Strand, in Rufweite von ihnen.

„Vom ständigen aufs Wasser gucken werde ich noch ganz schwachsinnig“, sagt Raoul und nimmt von dem Tischchen neben seiner Liege das nächste Glas Rum. Das Glas wirkt klein in seiner Hand. Alles an ihm ist groß und kräftig und ziemlich verbraucht. Raouls Haar ist schlohweiß, trocken und zerzaust, nur seine Augen blitzen frisch und blau.

„Du kannst eben nicht genießen“, sagt Anthony, verschränkt die Arme hinterm Kopf und versucht sich auf das Meer zu konzentrieren.

„Blödsinn" Raoul wendet sich an Jim. „Die Haie da vor Südafrika, die waren wirklich groß. Getaucht sind wir, nur zu viert und dann neunzehn Haie um uns herum, neunzehn Monster. Waren ganz plötzlich da."

„Wenn du ein Gespür für Krokodile hast, ahnst du sie, bevor du sie siehst", sagt Jim.

„Die Sicht war an dem Tag nicht gut, hatte zu viel Wind gegeben", sagt Raoul. „Dachte erst, wird wieder nichts mit nem Hai und sah dann plötzlich was Dunkleres im Wasser und ne Sekunde später war der erste da, kamen dann paarweise und schließlich das ganze Rudel. Kam mir ziemlich doof vor mit nichts als drei Millimeter Neopren über den Eiern. Hatte verdammt Angst. Dir sag ich das, Jim. Du kannst dir das vorstellen. Der Anthony, der versteht nur was von Blondinen."

Jim setzt sich auf und grinst Anthony an. Jim ist schmal und sehnig, hat den Kopf glatt rasiert und ein kleines Krokodil auf den Oberarm tätowiert. Anthony schätzt ihn so alt wie Raoul, sechzig Jahre oder älter.

„Und? Heute schon eine gefangen?", fragt Jim.

Anthony zuckt mit den Schultern, nimmt eine Hand voll Sand und lässt ihn durch die Finger rieseln. Er könnte aufstehen und weggehen, noch einmal alleine über den Strand spazieren, wie heute Morgen. Und dann? Da bleibt er doch besser hier.

„Nancy, oder wie hieß die? Hat sich gestern Abend schön von Anthony einladen lassen und plötzlich ist ihr Kerl aufgetaucht", sagt Raoul. „Da ist er heute nicht so gut drauf."

„Schon gut", sagt Anthony.

„Siehste", Raoul lacht. „Trotzdem netter Abend. Guten Humor haben die Einheimischen."

„Sie haben sich nur über uns lustig gemacht", sagt Anthony.

„Is ja auch ne komische Idee, hierherzukommen", sagt Raoul. „Sehen vielleicht auf ner Postkarte hübsch aus, die Bahamas, aber was macht man, wenn man da ist?" Raoul wendet sich zur Bar und ruft: „Zwei doppelte Rum. Und für die Jungs noch mal das Gleiche."

„Für mich nicht“, ruft Jim.

„Wo sind denn alle?“, fragt Anthony.

„Wer alle?“

„Na, die anderen Gäste vom Hotel. Kein Mensch ist hier am Strand außer uns.“

„Werden mit Booten unterwegs sein“, sagt Raoul, „oder schlafen.“

„Wir können ja nachher auch ein Boot mieten“, sagt Anthony.

„Und dann?“, fragt Raoul. „Rumdümpeln und Winkewinke machen mit anderen Idioten auf anderen verdammten Booten. Ohne mich.“

Die junge Kellnerin, in Hawaiihemd und schwarzer Hose, kommt träge über den Sand geschlendert. Sie stellt die beiden Rumgläser auf das Tischchen neben Raoul und reicht Anthony einen frischen Ananassaft. Sie lächelt ihn an und Anthony guckt nur, verzieht keine Miene.

„Die mag dich“, sagt Raoul. „Ist zwar nicht blond, aber sie mag dich.“

„Ach, hör schon auf“, sagt Anthony.

Raoul prostet ihm zu, „Nee, nee. Siehst gut aus, bist jung, hast Geld. Seh ich doch, dass du ein Frauentyp bist. Ist ja nichts Verkehrtes dran.“

Anthony sieht zur Bar. Die Kellnerin steht an einen Pfeiler der Hütte gelehnt, als warte sie auf seinen Blick. Ihre Haut ist sehr dunkel, ihr Gesicht und ihr Bauch sehr rund. Anthony sieht schnell weg. Warum alle Frauen hier so dick sind, fragt er sich und warum er überhaupt so auf der Suche nach Menschen ist, wo er doch nur hierherkam, um allein zu sein.

„Da im Mangrovenwald“, fängt Jim wieder an, „hatten wir nur ein einfaches Boot mit Außenmotor. Wir waren zu dritt und wenn alle stehen und mit einem Krokodil kämpfen, kann es da ganz schön wackelig werden. Aber du musst immer daran denken, eher das Krokodil los zu lassen, als zu riskieren, dass ein Mann über Bord geht. Manche vergessen das im Eifer des Gefechts.“

„Und wie fängt man es dann?", fragt Anthony. Eigentlich kam er hier her, damit mal niemand mehr redet. Aber heute Morgen, allein am Strand, kam ihm die Stille plötzlich gespenstisch vor. Da ist ihm Jims leichte Stimme doch lieber, egal, was er erzählt.

„Du musst ihm die Harpune in den Nacken jagen, zwischen die Platten. Das tut ihm nicht weh, aber es wehrt sich und springt hin und her. Dann lässt du die Leine der Harpune lockerer, damit es sich austobt und müde wird."

„Die Haie waren nicht müde", unterbricht ihn Raoul. „Haben nur so getan. Konnte man ihnen ansehen, dass sie lauerten, die ganze Zeit, auch wenn sie sich kaum bewegten."

„Wenn das Krokodil müde ist, ziehst du es wieder nah an das Boot. Jetzt musst du ihm eine Schlinge um das Maul werfen. Aber das Krokodil sperrt das Maul auf, wenn es sich bedroht fühlt, deshalb musst du geschickt sein und wahrscheinlich öfter werfen."

„Die Haie haben richtig gegrinst. Silbrig glatt, als wären sie eigentlich aus Metall mit nem Maul voller Killerwerkzeuge. Wir hielten uns ruhig, aber unter meinem Anzug hab ich höllisch gezittert", sagt Raoul.

„Selbst schuld, wenn du da tauchen gehst, wo Haie sind", sagt Anthony.

„Der kapiert es einfach nicht!" Raoul klatscht in die Hände. „Die meisten Menschen warten ein Leben lang auf ihren Hai."

„Ich nicht", sagt Anthony.

„Macht ja nichts", sagt Jim und hebt sein Cocktailglas, prostet versöhnlich in die Runde. „Wir reden ja nur. So ein Krokodil, zum Beispiel, hat wahnsinnige Kraft. Es stemmt sich mit seinem Schwanz aus dem Wasser und springt. Da musst du aufpassen, wenn du im Boot stehst, sonst hast du es plötzlich auf Augenhöhe."

„Haie auch."

„Haie?", fragt Anthony. „Haie springen doch nicht. Red doch nicht so einen Quatsch, Raoul!"

„Hab nix gesagt oder hab ich was gesagt?"

„Ach, trink weiter", sagt Anthony.

Er sieht auf das Meer, so wie er die ganze Zeit schon auf das Meer sieht, seit Stunden, seit Tagen. Manchmal scheint es ganz zu verschwinden. Aber es ist immer da, ist immer gleich, weit und türkis, schwache Dünung, kaum Wind, weiter draußen rechts und links liegen je eine Insel, genau wie diese.

„Wenn du dem Krokodil schließlich das Maul gut zugebunden hast, musst du es packen und aus dem Wasser ziehen. Zwei Mann brauchst du mindestens. Die Biester sind schwer und nicht gerade kooperativ."

„Da hast du es mit den Blondinen leichter", grinst Raoul zu Anthony, „wenn deine Harpune erstmal sitzt …"

„Ich bin gar nicht so einer. Ich bin nur besser in Form als ihr beiden. Guckt euch doch mal an, mittags um drei schon hinüber", sagt Anthony.

„Was soll ich machen?", fragt Raoul. „Is ja verdammt langweilig hier und ich hab meine Frau dabei. Die ist noch langweiliger."

„Sie ist ganz in Ordnung, deine Frau", sagt Jim.

„Meins ja nicht so, ist ja meine Frau. Hab Lissy auch ihren Traum erfüllt: einmal Bahamas."

„Wo ist sie denn überhaupt?" fragt Jim.

„Mit den McGregors auf nem Boot unterwegs. Versteht sich prima mit denen. Hat ihren Spaß. Das mag ich an ihr, dass sie immer fröhlich ist. Am frühen Morgen schon ein Goldstück."

Die drei sehen hinaus, als könnten sie die weiße Yacht der McGregors sehen und Lissy mit ihrer riesigen dunklen Brille und hochgestecktem Haar vorn auf dem Bug in der Sonne liegend.

„Und Geld hat sie", sagt Anthony. „Sonst wäre nichts mit Bahamas und Tauchen vor Afrika."

„Kann ich ja nichts dafür, wenn sie Geld hat. Sie will es ausgeben und ich helfe ihr."

„Aber du könntest netter zu ihr sein", sagt Anthony.

„Ich bin nett. Ich mag sie. Und sie hat mich nicht verlassen. Hätte jede Menge Gelegenheiten, macht sie aber nicht."

„Du hast Glück mit ihr“, sagt Anthony und betrachtet Raoul von der Seite. Er bewundert Raoul, obwohl er Raoul eigentlich nicht sehr mag, und das ärgert ihn.

„Wollen wir schwimmen gehen? Ich muss mich mal bewegen,“ sagt Jim.

Ja, vielleicht würde ihm eine Abkühlung gut tun, denkt Anthony, er ist so seltsam nervös. Aber das Wasser ist so warm wie die Luft.

„Schwimmen?“, sagt Raoul. „Hier musste kilometerweit im Wasser laufen, bis dein Arsch mal nass wird.“

„Baja mar heißt ja auch flaches Wasser. Und Schnorcheln ist sehr schön, es gibt viele Fische hier“, sagt Jim.

„Kleine bunte, ja, sehr hübsch. Kannst auch den Kopf ins Aquarium in der Lobby halten“, sagt Raoul.

„Du hättest natürlich lieber einen Riesenkraken“, sagt Anthony.

„So große Tiere fordern dir Respekt ab“, sagt Jim. „Die Krokodile zum Beispiel …“

„Jetzt hör mit deinen Krokodilen auf. Das ist ja unerträglich!“, sagt Anthony. „Handtaschen jagen und dann von Respekt reden. Das war doch bestimmt illegal.“

„Wir haben den Krokodilen nur Blut abgenommen, um die Populationen besser kennen zu lernen. Wir haben sie sofort wieder ins Wasser gelassen. Ich liebe Krokodile.“

„Ach so, tut mir leid“, sagt Anthony. Er weiß auch nicht, was mit ihm heute los ist. Vielleicht sind es die 700 Inseln, nur 30 davon bewohnt, nur 15 mit Touristen und er auf einer der kleinsten. Aber er selbst wollte ja hierher, und Jim ist ein gutmütiger Typ.

„Wann war das denn mit den Krokodilen?“, fragt Anthony.

„Vor zwanzig Jahren etwa, im Everglades Nationalpark.“

„Story deines Lebens, was?“, grinst Anthony.

„Und welche Story hast du?“, fragt Raoul. „Ist da mal was Außergewöhnliches in deinem Leben passiert?“

„Nein“, sagt Anthony und denkt, jedenfalls nichts, was er Raoul erzählen will.

„Du bist ja noch jung“, sagt Jim.

„Kannst ja mal Wildwasserrafting probieren, wenn du Tiere nicht magst", sagt Raoul.

„Ich finde mein Leben auch ohne den Tod vor Augen ganz okay", sagt Anthony.

„Naja", sagt Raoul, „wenn man es noch nicht erlebt hat, weiß man eben nicht, was einem fehlt. Hab ich Recht, Jim?"

„Wir haben die Krokodile nicht aus Abenteuerlust gefangen."

„Trotzdem", sagt Raoul, „jeden Morgen, wenn ich aufwache und Lissy neben mir sehe, bin ich froh, dass ich noch lebe."

„Bis mittags scheinst du das aber schon vergessen zu haben", sagt Anthony.

„Lass mich doch. Morgens trinke ich nie. Der Morgen gehört Lissy und mir, das ist unsere Zeit."

Es geht ihn auch gar nichts an, denkt Anthony, er benimmt sich wie ein Kind, das hilflos um sich schlägt, lächerlich. Er holt tief Luft, versucht sich zu entspannen und betrachtet die Aussicht. „Das Meer ist wie ein riesiger Swimmingpool", sagt er. „Ich hätte nie geglaubt, dass es diese Farbe wirklich gibt."

„Ja", sagt Jim, „da haben wir schon Glück hier zu sein."

„Der Rum bekommt mir nicht, selbstgebrannter Dreck", sagt Raoul und ruft zu Bar: „Hey, ich will einen Gin."

„Anthony, hast du heute Abend schon was vor?" fragt Jim.

„Ich werde wohl hier sein, was anderes gibt es ja nicht. Komm doch auch", er zwinkert Jim zu, „aber kein Wort über Krokodile, okay."

„Okay, keine Krokodile. Du kannst mir dann ja alles erzählen, was du über Blondinen weißt."

„Meistens geht es schief. Mehr gibt es dazu nicht zu sagen."

„Und dann?"

„Nicht so ernst nehmen und weiter probieren."

Die Kellnerin gibt Raoul den Gin und stellt die leeren Rumgläser auf ihr Tablett. An ihren dunklen Handgelenken leuchten bunte Plastikreifen, die klappern, während sie sich das Haar zurückstreicht und Anthony ansieht. Ihr Lächeln hat etwas Spöttisches, denkt Anthony und sieht weg.

„Was ist denn mit der?", fragt Raoul. „Gefällt sie dir nicht? Musst dich hier nicht auf blond versteifen, wenn's blond nicht gibt."

„Ja, ja."

„Meins ja nur gut, damit du nicht so alleine bist. Allein ist nicht schön", sagt Raoul.

„Mir geht es gut, danke."

Raoul hebt sein Glas, umschließt es fest mit der ganzen Hand, „Und wie ist New York um vier Uhr an einem Dienstag? Ist doch Dienstag heute, oder?"

„Laut und voll, das reinste Chaos", sagt Anthony. „Aber ich komme eh erst spät abends aus dem Büro." Komisch, wenn er jetzt an New York denkt, fällt ihm nur ein, wie er immer an diesen Urlaub dachte, als Herausforderung und Erlösung zugleich. Als er endlich buchte, kam er sich vor, als hätte er den Vertrag für eine Mutprobe unterschrieben. Aber das kann er den beiden nicht erzählen, die würden ihn ja auslachen.

„In New York wäre ich jetzt gerne", sagt Raoul. „Fehlt dir das nicht? Oder wenigstens Nassau, da ist was los. Kasinos, Shops, Restaurants, jede Menge Vergnügen, wie Las Vegas."

„Ich wollte raus aus allem. Out Islands. Das habe ich mir mühsam verdient", Anthony schlägt die Beine übereinander, streift den weißen Sand von den Füßen. „Schöne Aussicht, warm, nichts zu tun."

„Stellt man sich immer so vor aus der Ferne: Endlich einmal gar nichts tun und kaum ist man da, ist es auch schon stinklangweilig. Könnte hier nicht leben", sagt Raoul.

„Die Leute, die hier leben, sitzen ja auch nicht den ganzen Tag am Strand", sagt Anthony.

„Dann sitzen sie eben woanders rum. Die Einheimischen sind das so gewohnt, nichts zu tun", sagt Raoul, „wie die Kellnerin."

„Sie hat aber eine ganze Menge zu tun", sagt Jim. „Sie arbeitet ja hier."

„Stimmt", sagt Raoul und dreht sich nach der Hütte um. „Ich würde auch gerne hier in einer Bar arbeiten. Ich glaube, dann könnten mir die Bahamas gefallen."

„Jungs, ich geh dann mal", sagt Jim und steht auf.

„Wie? Wohin denn?"

„Hast du was vor?"

„Meine Schwester kommt doch heute, mit Mann und Kindern. Und bevor ich sie sehe, will ich mich frisch machen. Ich freu mich riesig auf die Kleinen und habe schon Schnorchelausrüstungen und ein Schlauchboot für sie."

„Dann feiert ihr auch Weihnachten zusammen?", fragt Anthony.

„Ja, eben", sagt Jim. „Meine Schwester hat das hier alles arrangiert."

„Das ist schon übermorgen, oder?", fragt Anthony. „Und du, Raoul, du feierst mit Lissy."

„Na, und wie wir feiern werden!"

Anthony nickt und sieht sich suchend auf dem leeren Stand um, da stehen nur die Zwergfichten am Rand. Er sieht zur Hütte, die Kellnerin ist nicht mehr da.

Als er morgens den Strand entlang ging, kam es ihm vor, als beobachte ihn jemand. Er sah sich immer wieder um, aber da war niemand. Er war allein. Und plötzlich wich alles zurück, hinterließ ihn in einer seltsamen Leere, als letzten Überlebenden auf dieser Insel. Wieder sah er sich um und hätte am liebsten um Hilfe geschrien. Er versuchte sich zusammenzureißen, sah das Meer und die Bewegung des Wassers, sah die Bäume, den leichten Wind. Die vielen Vogelarten fielen ihm wieder ein, die seltenen Fische, die Korallen. Eigentlich hatte er sich vorgenommen, den ganzen Tag immer weiter zu laufen, einmal wieder seinen Gedanken nachgehen, über sich selbst vielleicht, die Insel umrunden. Er hatte völlig versagt. Er ging zurück, langsam, konzentrierte sich auf den Sand unter seinen Füßen, die Sonne auf dem Haar, schlenkerte mit den Armen und pfiff leise vor sich hin. Es tut gut allein zu sein, sagte er sich immer wieder, endlich frei. Und doch, als er Jim und Raoul traf, war er erleichtert.

„Hast du Angst?", fragt Raoul. „Wie hast du dir das vorgestellt? Alle Blondinen werden sich zu Weihnachten nen Mann mitgebracht haben, und die Kellnerin hat vielleicht keinen Freund, aber bestimmt ne Familie."

Er hatte sich immer nur die Kulisse konkret vorgestellt und dachte, sobald er da sei, passiere etwas Großartiges mit ihm, aber jetzt fühlt er sich ausgeliefert, abgesetzt am Ende der Welt, als habe ein anderer ihm das angetan.

„Ich feire mit ein paar Bieren", sagt Anthony.

„Siehst aber nicht gerade glücklich damit aus", sagt Raoul und wirft dabei Jim einen Blick zu.

„Doch, doch."

Anthony beobachtet, wie Raoul Jim auffordernd ansieht und bedeutsam große Augen macht.

Jim streicht sich über seinen kahlen Kopf, „Wenn es dir zu ruhig wird, kommst du zu uns. Meine Schwester hat was übrig für einsame Herzen, sonst würde sie sich ja nicht so um mich sorgen."

„Aber ich kann doch nicht in euer Familienfest platzen."

„Dann kommst du eben morgen vorbei und lernst alle kennen."

Anthony sieht Jim prüfend an. Der lächelt ihm aufmunternd zu, meint es wohl ernst.

„Ich könnte auch Geschenke für die Kleinen besorgen. Du sagst mir noch, was sie mögen, ja?"

Jim nickt. „Dann geh ich jetzt. Wir sehen uns später hier."

Anthony sieht Jim nach, seinem leicht federnden Gang. Gerettet, denkt er und schämt sich ein bisschen, dass er sich retten lassen musste.

„Glaub, ich muss mich auch hinlegen", sagt Raoul. „Die Sonne bekommt mir nicht. Fühl mich ganz schwindelig."

Raoul macht ein paar Schritte im Sand, schwankt, droht hinzufallen. Anthony springt auf und stützt ihn.

„Bin wohl gestolpert."

„Du solltest weniger trinken", sagt Anthony. „Dann würde es dir hier auch besser gefallen."

„Mir gefällt's prima. Solange Lissy sich amüsiert, gefällt's mir überall. Der Einzige, dem es nicht gefällt, bist du."

„So ein Quatsch."

„Seh ich doch, verdammt noch mal. Bist mit romantischen Phantasien gekommen und jetzt hängst du mit alten Säcken wie Jim und mir rum. Aber Jim ist ein Guter."

„Ja, wirklich nett, dass er mich eingeladen hat."

„Siehste", sagt Raoul. „Kannst mich jetzt loslassen, geht wieder."

„Dann gute Besserung und grüß Lissy."

Raoul geht langsam über den Strand Richtung Holzsteg, der zu den Bungalows führt. Sogar Jim und Raoul, diese Helden, hatten für Weihnachten Sicherheitsvorkehrungen getroffen.

Anthony dreht sich um, rennt auf das Meer zu und hinein und rennt und rennt. Schwer atmend bleibt er stehen. Das Wasser geht ihm gerade bis zu den Knien. Vielleicht ist er selbst sein Hai, denkt er, und ist gleichzeitig ein Feigling, der beim ersten Anblick flieht. Vielleicht ist er auch ein Krokodil und braucht Jims Hilfe, um es vorsichtig zu fangen. Er beobachtet einen kleinen bunt schillernden Fisch im flachen Wasser. Am liebsten wäre er der. Zufrieden, einfach da. Vielleicht reicht das ja für den Anfang. Er breitet die Arme aus, legt den Kopf in den Nacken. Türkis endlos weit um ihn herum, die Ruhe ausgedehnt als blauer Raum. Er lässt sich auf den Rücken fallen, toter Mann, und lacht, verdammt noch mal.

TÜRKYE MECTUBU

MATTHIAS KLAß

Nein, es war kein Brief aus der Türkei, der mich dazu einlud, an der Riviera dieses Landes einen Pauschalurlaub zu verbringen. Der Grund lag eher in der richtigen Platzierung von sechs Kreuzen auf dem Wettschein einer staatlichen Buchmacher- und Wettfirma. Der Bargeldgewinn, der mit dem Gewinn der Sportwette einherging, sollte umgehend in die Wirtschaft zurückfliesen, um die Geldzirkulation unseres Landes nicht unnötig zu hemmen. Was lag näher, als einen Urlaub zu buchen? Mit militärisch-strategischer Akribie fraßen sich mein Bruder und ich durch Berge kunterbunten Prospektmaterials. Wie Napoleons Generäle durchpflügten wir Europas Landkarten. Überall, ja sogar in Deutschland selbst, war es schöner als in Deutschland, versprachen die Hochglanzbroschüren. Es war nicht leicht, die richtige Destination zu finden, denn wir stellten Ansprüche!

Billig, lautete Paragraph eins unserer Reisegesetzgebung. Luxus war nicht nur überflüssig, sondern streng verboten. Für Urlauber mit „Prinzessin auf der Erbse"-Marotten hatten wir nur Verachtung übrig. Wir waren knallharte Survival-Camper, gestählt durch ungezählte verregnete Paddeltouren auf der Mecklenburger Seenplatte. Doch es gab noch andere Kriterien, welche die Suche eingrenzten. Als Starttag kam nur ein Sonntag in Frage. Die Zeit war fast einerlei, nur vor zwölf ging nicht. Und der Airport musste unbedingt in München liegen. Ach ja! Welcher Sonntag es sein sollte, war auch nicht egal. Jeder andere Termin außer dem 2. September 2001 war indiskutabel.

Der Hintergrund war simpel. Einen Tag vorher sollte England von der deutschen Nationalmannschaft geschlachtet werden. Und für dieses Volksfest im Münchener Olympiastadion hatten wir ebenso Karten bekommen, wie eine Reservierung für eine Fußball-Talkrunde eines Sportfernsehsenders im Münchener Flughafenhotel Kempinski. Es dauerte schon ein paar Wochen bis wir einen Flug an diesem Tag und zu diesen Bedingungen gefunden hatten. Zielflughafen Antalya, Bestimmungsort Alanya an der türkischen Riviera.

Das Spiel am 1. September verlief für Deutschland desaströs. Wir waren im Vorjahr bei Englands erstem Sieg über den DFB seit 38

Jahren im Stadion von Charleroi (Belgien). Und heute setzte es auf eigenem Grund und Rasen eine 1:5-Klatsche für unsere Heroen. In der Münchener Innenstadt zeigten englische Schlagetods, dass ihnen der Weltfriedenstag an ihren bleichen sommersprossigen Ärschen vorbeiging. Es gab ziemlichen Rabbatz. Die wenigen Kneipen der Münchener City, die an diesem Abend das Risiko eingingen, nicht zu schließen, waren voller Tommys, Johnnys und Brians. Der Besitzer eines italienischen Weinlokals wollte uns nicht bedienen. Erst Tinos „Deutschland, Deutschland"-Sprechchöre brachten ihn zur Vernunft. Weniger die Sorge um uns als die um sein Inventar machte ihn einsichtig. Er hatte sicher Angst, das Schicksal des Augustinerkellers teilen zu müssen, wo am Vormittag gereizte Insulaner mit Bierkrügen und Tellern mit Haxen und Sauerkraut nach singenden deutschen Gästen warfen. Letztere konnten dem Sauerkrautregen nur durch die geborstenen Panoramafenster des Kultlokals entkommen.

Am nächsten Morgen verschliefen wir natürlich und kamen deshalb viel zu spät in der Hotelempfangshalle an, die als Fernsehstudio diente. Na und? Wir hatten Urlaub! Die Sitze waren vollbesetzt mit OFC-, Leverkusen- und Bayern-München-Fans sowie jeder Menge Otto-Normal-Fernsehstudiobesuchern. Wir suchten keinen Sitzplatz zwischen diesen Gattungen. Es würde reichen, an der Hotelbar stehenzubleiben und dem Gequatsche von dort aus zuzuhören. Daraus wurde nichts. Eine Schönheit mit Kugelschreiber und Klemmbrett unterm Arm sowie sächsischem Klang in der Stimme sprach uns an:

„Schdähnse oh auf dor Gäsdelisde?"

„Ja schon", gab ich zurück. „Aber wir ham auch nichts dagegen, hier stehnzubleiben."

Sie schüttelte energisch die Lockenpracht auf ihrem Haupt: „Nää, nää, nää! Wie isn dor Noame?"

„ Klaß, aber wir …"

„Gommse ma mid", erstickte sie meinen Widerspruchsversuch. Wir konnten gerade noch unsere Biergläser greifen und schon fanden wir uns auf zwei Studiostühlen wieder. In der ersten Reihe! Als Letzte gekommen um nun auf den besten Plätzen rumzulümmeln.

An manchen Bibelsprüchen scheint wirklich was dran zu sein. Wenn wir uns schon an der Bar unserer Jacken entledigt hätten, hätte die Platzanweiserin sicher nichts dagegen gehabt, wenn wir dort geblieben wären. Jetzt war es zu spät. Zwei verkaterte Männer – einer im BFC-T-Shirt, der andere im 74er-DDR-Trikot – sollten während der nächsten reichlich zwei Stunden verschlagen in die Kameras grienen. Damals hatte der Ostalgie-Tsunami Deutschland noch nicht überrollt und in Bayern erfüllte schon das Tragen eines FDJ-Zeichens den Straftatbestand des Verwendens von Symbolen verfassungswidriger Organisationen. Dementsprechend löste im Herbst 2001 eine solche Gewandung in einer Sendung, die von bayrischem Hoheitsgebiet aus über den Äther ging, einen Katastrophenalarm am Dopafon aus. Das DSF hatte keine Kleiderordnung in seinem Hausrecht. Dieser Schlamperei verdankten wir unser Bleiberecht. Nur Pilsener wollte uns niemand bestellen. Zunächst hatten wir ja noch unsere Gläser von der Bar. Eine andere Marke als jene, die diese Sendung sponsorte. Als die Tulpen fast leer waren, quatschte ich einen Kameraassistenten an: „Was sachtn eichntlich euer Hauptsponsor dazu, wenn hier die Gläser der Konkurrenz im Kamerafokus stehn?" Weitere Unstimmigkeiten bezüglich des Getränkenachschubs sollten ausbleiben. Dafür gab es nach Sendeschluss Probleme, als ich mich den Fragen verärgerter Fernsehschaffender ausgesetzt sah. Ob ich mich denn eigentlich als Deutscher fühle, und wenn nicht, als was dann? Ich weiß, dass es unhöflich ist, auf eine Frage mit einer Gegenfrage zu antworten, konnte mich in diesem Fall aber nicht zügeln, die Herrschaften mit der Frage zu konfrontieren, ob sie denn eigentlich wüssten, wofür das erste D im Kürzel DDR stehe.

Wie sehr sich das DSF provoziert fühlte, sollte sich am deutlichsten eine Woche später zeigen, als rein zufällig auf meinem Platz ein Typ im DFB-Trikot Platz nahm. DDR – BRD 1:0. Hä, hä, hä!

Uns zog es, jetzt wo immer noch acht Stunden Zeit bis zum Take Off blieben, wieder in die Münchener City. Das Hofbräuhaus hatte wieder geöffnet und der Augustinerkeller neue Fenster. Die Bierschwemme von Deutschlands berühmtester Kneipe war immer noch überfüllt. Das Empire hatte sämtliche Holzbänke okkupiert. Blasmusik, wie sonst üblich, war nicht zu hören. Sie wäre zwischen hunderten heisergesoffenen und -gebrüllten Anglokehlen sowieso chancenlos. Die würden noch die ganze nächste Woche singen: „Five-one for the Engeland!!“ Am Abend war die Flugangst einem angenehmen Schwips gewichen. Ein Zöllner outete sich als DSF-Zuschauer: „Ahh. Heid früah im Doopelposs gwesn?!“ Immerhin war er frei von revanchistischen Vergeltungsgelüsten, denn er winkte uns ohne Filzabsichten durch.

Wie üblich lösten wir uns als Letzte von der Duty-Free-Bar. Ein Steward schaute auf seine Liste: „Tino und Matthias Klaß?“ Ich grinste und zeigte mit dem Daumen über meine Schulter: „Is doch keiner weiter übrig.“ Der Steward runzelte die Stirn. Mit gebrochenem Turk-Deutsch gab er uns zu verstehen: „Wirr habeen leiderr geine Abendeessn für Siieä“.

Wir zuckten die Schultern. „Uns doch wurscht. Hauptsache, wir verdursten nicht.“ Es kam uns sogar gelegen. Erstens, weil das Essen der Airlines bei den Fluggästen sowieso in üblem Ruf steht. Und Zweitens, weil wir dem Steward auf diese Weise ein Zugeständnis abpressen konnten. Es war nämlich partout nicht einzusehen, wieso wir mit knurrendem Magen in der Zweiten Klasse rumhängen sollten. Wenn schon hungrig, dann mit Niveau! Nun zuckte der Steward mit den Schultern und gab den Weg zur First Class frei.

Der Flieger war ebenso wie das Bier und die Stewardess, die es servierte, türkischer Herkunft. Von Flugzeugen habe ich keine Ahnung und das Bier wurde erst genießbar, als wir mit der dritten Dose unsere Geschmacksnerven vom Netz geklemmt hatten. Die Stewardess aber war zuckersüß! Ihr Name war Tuba, und weil sie so motiviert darum bemüht war, unseren germanischen Durst zu besiegen, verkniffen wir uns, fast wie echte Gentlemen, jeden schlüpfrigen Witz über Blasinstrumente und was man damit so anstellen kann. Irgendwann setzte der Flugautomat, von dem ich heute noch nicht weiß welchen Fabrikats er war, auf einer der Rollbahnen von Antalya auf. Unseren Zustand mit nüchtern zu umschreiben wäre eine fahrlässige

Fehleinschätzung. Ich erinnere mich dennoch an einen blank gewienerten Marmorfußboden, und daran, dass meine Papiere plötzlich weg waren. Das fing ja toll an. Ich war noch nicht mal eingereist und schon waren meine Dokumente weg! Ich stürzte zum Gate zurück. Doch der Vogel war schon weg. Nun steckten wir die Köpfe zusammen und hielten Kriegsrat. Mir fiel ein Film aus meiner Kindheit ein, in dem einige Italiener in Leningrad einen Schatz klauen wollten. Auf dem Flug dahin hatten sie einem Passagier die Papiere geklaut und der arme Kerl konnte nun weder in Italien noch in der Sowjetunion einreisen; wochenlang pendelte er zwischen Rom und Leningrad hin und her. Die Panik stieg in mir hoch. Ich würde die Tour München- Antalya keine zwei Tage aushalten! Zum Glück hatte Tino Ausweis und Reisepass im Gepäck. Letzteren borgte ich mir aus. Der Schwindel funktionierte. So geschah es, dass Tino Klaß innerhalb von zwei Minuten zweimal in die Türkei einreiste, ohne sie zwischendurch verlassen zu haben. Vermutlich waren unsere Alkoholdünste für den Chef in der Fratzenfalle so unerträglich, dass er die beiden Dokumente nur eilig überflog, damit er schleunigst wieder bessere Luft atmen konnte. Um die Ausreise würden wir uns später kümmern, jetzt war erst mal Urlaub angesagt. Ein Kleinbus brachte uns nach Alanya und irgendwann in der Frühe schliefen wir in einem treibhausgleichen Hotelzimmer ein und unseren Rausch aus.

Nach etwa drei Tagen hatten wir uns akklimatisiert. Was heißen soll, dass unserem Hotelzimmer gegen Aufpreis eine Klimaanlage zugeschaltet wurde, und dass wir uns an dieses Efes-Pils gewöhnt hatten. Es fing sogar an zu schmecken, man freute sich nach einem stressigen Strandtag schon auf die kühle Suppe abends am Tresen. Die Ausflüge zu den Salzbädern nach Pamukkale oder diverse Raftingtouren waren uns viel zu teuer. In der Türkei gibt es zu Tausenden kleine und große Ausflugsangebote, mit denen die Urlauber um jenes Geld gebracht werden, dass sie sich Jahr für Jahr durch Fressehalten am Arbeitsplatz verdient haben. Die meisten dieser Touris hatten Rundumversorgung in einer dieser wie Pilze aus dem Boden schießenden Hotelanlagen außerhalb der Städte gebucht. Hier wurde man gefüttert, gewindelt und in den Schlaf gesungen. Wir hatten absichtlich ein Hotel direkt in Alanya gebucht, weil wir auf diese klapprigen Dolmusbusse nicht angewiesen sein wollten, ohne die kein Urlauber hier mobil war. Außerdem bedeuteten individuelle Speiseplanzusammenstellung und freie Wahl der Essenszeiten für uns ein Stück Freiheit, auf das wir auch im Urlaub nicht verzichten wollten. Das war der Grund, warum wir uns für das Halbpensionsangebot entschieden hatten. Darunter war leider nichts zu bekommen. Vom spärlichen Einerlei des Frühstücksbuffets machten wir in diesen zwei Wochen höchstens dreimal Gebrauch. Und zum Abendbuffet kamen wir alle drei Tage zu spät. Und weil nie Geld von uns in der Trinkgeldbox landete, kam es dem Personal auch nicht in den Sinn, mit dem Abräumen so lange zu warten, bis wir uns ins Hotel bequemten. In den Einkaufsmeilen, die touristengerecht basarähnlich gestaltet waren, hatte ich unvermutet viele Freunde. An jedem Geschäft, vor dem ich stehenblieb, um die Auslagen zu inspizieren, hatte ich sofort einen oder mehrere Verkäufer an meiner Seite. „Meine Freund! Ische habbe viel scheene Sacche fur disch! Fasd geschenke!"

Doch es gab auch Beispiele für Gastfreundschaft, die nicht auf unseren Geldbeutel zielte. In jener zu einem Fünf-Sterne-Hotel gehörigen Strandbar zum Beispiel. Hier nahmen wir nach jedem knüppelharten Strandurlaubstag, an dem wir unsere Schwarten im heißen Sand wundgewälzt hatten, einen Aperitif in Form eines Rakis und eines Pilseners zu uns, bevor wir unser Hotel zum Abendessen aufsuchten. Ab dem dritten Tag zählten wir zu den Stammgästen dieser Bar, ab dem vierten zum Inventar, mit allen sich daraus herleitenden Rechten, wie mindestens ein Freigetränk und diverse kleine Snacks vom Grill. Nach der ersten Woche lebten wir in einem Kreislauf von täglich wiederkehrenden Urlaubsritualen. Mittlerweile kannten wir jeden Hotelgast und jeden Strandfettsack. Zumindest vom Sehen. Etwas Abwechslung würde vielleicht doch nicht schaden? Bei unserem Reiseveranstalter konnte man für 60 Mark pro Nase eine Jeep-Safari buchen. Das klang interessant. Wir beschlossen also, eine solche Safari mit dem Glanz unserer Teilnahme zu bereichern. Ein junger

Türke stellte sich im Hinterhof einer verwahrlosten Autowerkstatt als unser Reiseleiter vor. Er sprach in gutem Deutsch mit diesem unverwechselbaren Mundstuhldialekt von unserem Tagespensum, das den Besuch einer Karawanserei und den einer Moschee vorsah. Die Teilnehmer wurden gebeten, sich auf die vier Geländewagen, drei Suzuki Samurai und einen Defender, zu verteilen. Vordrängelnd stürzten sich die Touris auf die Wagen. Jeder wollte Fahrer sein. Für uns kam das nicht in Frage. Wir hatten schließlich Urlaub und uns zu transportieren war der Job des Reiseleiters! Der Defender schien den meisten Platz zu bieten. Außerdem stieg der junge Türke dort mit zu. Die anderen konnten sich sicher verfahren, der aber nicht. Über Serpentinen ohne Leitplanken und auf Straßen, für deren Zustand sich sogar die DDR-Behörden geschämt hätten, kroch die Kolonne den Gipfeln des Taurusgebirges entgegen. Nach einer Stunde Fahrzeit drängte sich ein Zeltdorf in unser Blickfeld. Mindestens zwei Gruppen von Urlaubern standen hier herum und bestaunten die Zelte, in deren Inneren Souvenirhändler die gleichen Scherzartikel feilboten, die man für teure Lira auch in der Stadt hinterhergerufen bekam. Zwei Kamele standen bereit, um zahlungskräftige Reitwillige zweimal im Radius von 30 Metern über den Dorfanger zu schaukeln. Unser Reiseleiter steckte mit zwei Kollegen die Köpfe zusammen. Einer der beiden, mit einem albernen Turban und ziemlich großer Fresse, war offensichtlich schon viel zu lange hier. „Wo sind meine Leute!?“, grölte er quer über den Platz. „Alle sammeln, wir brechen auf!!!“ und: „Mann, ist das ne lahme Bande!“ Alle, die nicht zu seiner Gruppe gehörten, grinsten amüsiert. Also wirklich so ne lahme Bande. Wenn die sich das gefallen lassen, wird schon was dran sein. Als nächstes stand der Moscheebesuch auf dem Tapet. Der Scout drohte, über sich und seine Religion reden zu wollen. Vor der Moschee gab es für die Besucher neue Uniformen. Also, neu waren sie nicht, und es waren auch keine Uniformen, sondern höchstens Uniformteile, die aber den Touristen zu tragen dringend empfohlen wurde. Man sollte das Gotteshaus nicht durch das Tragen kurzer Hosen entehren. Also zogen sich die Männer Schlupfhosen, wie sie zum Outfit mancher Gemüsehändler gehören, über. Die Frauen bekamen bodenlange Kleider und Kopftücher. Einige der Damen zeigten unvermutet Courage, indem sie sich weigerten, den Ort des rechten Glaubens in Tücher gehüllt zu betreten, die Gott weiß wer schon alles getragen hatte. Der junge Scout begann im Inneren des Gotteshauses einen Monolog über die wesentlichen Richtlinien des muslimischen Glaubens. Sechsmal am Tag beten, vorher immer waschen, kein Schweinefleisch essen, einmal im Jahr fasten zum Ramadan, wo erst nach Einbruch der Dunkelheit gegessen oder geraucht werden darf. Saufen fällt für Muslime flach, sich anderweitig zu berauschen ebenso. Kurz: Er erzählte von all den Dingen, die die meisten von uns schon aus der *Sendung mit der Maus* kannten. Wir erfuhren, dass es in der Türkei viele alte Menschen und keine Armut gibt, weil Allah von den Gläubigen gesunden Lebenswandel und Barmherzigkeit fordert. Er schloss den Vortrag mit dem Hinweis, dass er in Hamburg studiert habe und trotzdem gerne wieder in sein Heimatland zurückgegangen sei, weil die Menschen hier doch insgesamt tugendhafter und auch freundlicher seien. Ob wir noch Fragen hätten? Natürlich hatte ich die! Wieso ist Schweinefleisch essen verboten? Weil das Schwein das einzige Nutztier ist, das seine eigene Scheiße frisst! Aber das zählt doch nicht für Wildschweine, darf man denn die essen? Er sah mich etwas verwirrt und ärgerlich an: „Egal! Schwein iss Schwein!“ Das klang nicht logisch, musste aber reichen. Ich wollte noch mehr wissen: „Verbietet der Prophet denn nicht nur den Genuss von vergorenen Trauben? Was ist mit Schnaps, was mit Met, Bier oder Reiswein? Und wieso werden die eigentlich in der Türkei produziert?“ Auf diese Frage war er vorbereitet. „Weil wir durch unsere Gastfreundschaft dazu verpflichtet sind.“ Schnell warf ich noch eine Frage hinterher. „Wenn Rauschmittel verboten sind, was ist mit Opiaten, wie sie in der Medizin zum Beispiel im Bereich der Anästhesie unverzichtbar sind?“ Souverän im Umgang mit Ungläubigen konterte er auch diese Frage: „Da sind Ausnahmen natürlich erlaubt!“ Dieser Studierte verstand es, in einer Mischung aus orientalischer Händler- und okzidentaler Werbemanagermentalität, den Islam als alleinseligmachende Medizin gegen die Krankheiten dieser Welt anzupreisen. Es war richtig, die Nähe dieses gebildeten Mannes zu suchen.

Die Rückreise wurde durch ein Hindernis, bestehend aus einem Gewirr von Zweigen, Ästen und Bäumen, gestoppt. Rein zufällig natürlich! Unsere Mitausflügler bewiesen Pioniergeist und halfen mit Rat und Tat dabei, die grüne Barriere zu beseitigen, im Gegensatz zu unserem Reiseleiter, der keinen Finger rührte. Wir auch nicht. Denn wir hatten Urlaub und keinen Bock auf gestellte, unbestellte Abenteuer. Die stolzen Pfadfinder bestiegen ihre Jeeps wieder, dafür sprang der Scout jetzt ab, fingerte einen drei Meter langen Ast aus dem Gewirr und befestigte ihn am Heck unseres Führungsjeeps. „Dies ist eine Staubmaschine!", verkündete er, bevor er sich an das Steuer des Defenders setzte und Gas gab. Es war das letzte Mal, dass wir die Samurai-Jeeps sahen. Erst kurz vor Alanya, wo eine Asphaltstraße das baldige Erreichen der Stadt prophezeite, kam der Konvoi mangels Staub wieder zum Vorschein. Etwas später erreichten wir jenen Hinterhof wieder, der Ausgangspunkt unseres Ausflugs gewesen war. Die Samurai-Jeeps waren unter einer dicken Staubschicht, die an Fernsehbilder von Vulkanausbrüchen erinnerte, verschwunden, die die ursprüngliche Lackierung nur an wenigen Flecken erahnen lies. Und die Pioniere und Pfadfinder sahen aus, als hätten sie eine Zementfabrik besichtigt und sich eine Schlacht mit den Angestellten geliefert. Resigniert meinte einer von ihnen zu seinen Kumpels: „Ey, wir sehn aus wie die Schweine! Und wir müssen noch bis ins Hotel. Gut, dass uns hier keiner kennt."

Der Scout indes war davon überzeugt, gute Arbeit geleistet zu haben. Euphorisch tat er das Ende des Ausflugs kund: „… und isch hoffee Innen die Kultur unsere Landes nähergebrracht su haben. Vielleicht had inne auch mein Staubmaschine gefallen. Vielleicht sähn wir uns ja wiedä." Diesen Optimismus zu teilen, hielt ich für ein unvertretbares Wagnis. Der nächste Tag war Wechseltag. Urlauber gingen, Urlauber kamen, wir blieben. Bei einem Basketballspiel, welches wir auf einem Plasmafernseher verfolgten, der im Foyer hing, glaubte ich an die Begegnung mit einem Promi, als ich einer markanten Person gewahr wurde. Die knochigen, dünnwadigen, frischkäsefarbenen Beine! Diese spindeldürren, klingeldrahtähnlichen Oberarme! Dieses kantige Gesicht mit den tief in den Höhlen liegenden Augen und der Nase mit einem Rücken, so gratig wie ein frisch geschliffenes Fleischermesser! Diese Drahtgestellbrille und die spärlichen, aber dennoch lockigen roten Haare! Diese bleiche sommersprossenübersäte Lederhaut! Das konnte – das musste Piet Klocke sein! Meinen Irrtum bemerkte ich erst, als der Allgäuer Slang dieses Exemplar als Double des berühmten Komikers entlarvte. Egal, dieser Mann, dessen schneeweiße Tennissocken in rabenschwarzen Krokodillederimitatsandalen steckten, war für uns ab sofort Piet Klocke!

Piet war ein sehr aufgeschlossener, kommunikativer Mensch. Er war Individualurlauber, obwohl auch er Pauschaltourist war, denn er reiste allein. Trotzdem, oder gerade deswegen, war Piet eine leutselige Erscheinung, die mit allem und jedem sofort Freundschaft schloss. Eines Morgens entdeckte er das Emblem des Berliner Fußballclubs Dynamo auf meinem T-Shirt. Sofort stand er an meiner Seite. Mit seinem totenknochenähnlichen Finger auf mein Shirt deutend sprach er mich an: „Sie, ähäm. Iist dees der Drressdner SC?“ „Nein, das ist das Symbol des BFC“, klärte ich ihn auf. „Obberr, derr Dressdnerr SC iist der eigeentliiche Traditioonscluub iin Dressdn!“ Ich zuckte die Schultern: „Von mir aus.“ Piet hatte offenbar noch nie vom Berliner Fußballclub gehört. Ich ließ ihm die Illusion, gerade einen naiven Ossi und unwissenden Dynamo-Dresden-Fan belehrt zu haben. Unser Pseudopromi hatte sich längst abgewandt und ging mit seiner raumfüllenden Bayernstimme nun ein paar Deutschtürken am Nachbartisch auf den Kranz. Am nächsten Tag, es war der 11. September 2001, wurde im TV auf allen Kanälen der Abriss des World Trade Centers live übertragen. Eigentlich wollte ich mit dem Ausweis meines Bruders auch wieder ausreisen. Doch die Ausgangslage hatte sich nun verändert. Angesichts der tief fliegenden Passagiermaschinen in Washington und New York war es sicher vernünftig, das Schicksal, in Person des türkischen Zolls, nicht herauszufordern. Unsere IST-

Reiseleiterin hatte am nächsten Morgen Sprechstunde. Wir kamen in die Hotellobby, wo sie sich gerade der Attacken zweier reißwütiger sächsischer Hyänen erwehren musste. Die beiden Seniorinnen deckten sie mit einem wahren Bombenteppich aus unangenehmen Fragen und Beschwerden ein. „Wissense, dos is ähne Onvorschämtheid sondergleischn! Woas mor sisch hieor olles biedn loassn moss! De Lischn oam Schtrond wärn o immer deirer! Mor muss beinoh jädäs Joahr droffzoahln! Gloohmse vieleischd mir krieschn soviel Rände, dos me se mid beide Hände zum Fänsder rausschmeißn genn?" Die Reiseleiterin hatte längst einen Schalter in ihrem Kopf umgelegt und auf Durchzug geschaltet. Es dauerte noch eine Weile, bis die beiden Furien merkten, dass sie keinen Gesprächspartner mehr hatten, sondern nur noch Zuhörer. Die Dominantere der beiden fasste ihre Begleiterin beim Handgelenk und warf ihre graue Lockenturmfrisur ins Genick: „Gomm Drudchn! Hod doch sonso gähn Sinn. Hior gansde doch ärzähln, wos de willsd!" Laut mit den Absätzen auf den Marmorfußboden hämmernd stapften die beiden davon. Jetzt war ich an der Reihe: „Guten Tach. Mein Name is Klaß unn ich hab n echtes Problem." In knappen Sätzen log ich ihr vor, dass ich bestohlen worden sei, und all meine Reisedokumente nun einem Stranddieb gehörten. Sie verlangte, dass nun alles sehr schnell gehen müsse, weil das deutsche Konsulat nur noch morgen besetzt sei und der Flug ja schon am Sonntag ginge. Ich sollte sofort auf der Polizeiwache von Alanya Anzeige gegen unbekannt erstatten, mir über irgendeine Kontaktperson von meinem Einwohnermeldeamt eine Existenzbescheinigung in Form einer Ausweiskopie besorgen und diese schnellstens an das Konsulat schicken. Hoffentlich sei es noch nicht zu spät. Ich wollte nicht auf eine türkische Polizeiwache, mir waren schon deutsche Polizisten nicht geheuer. Doch was blieb mir übrig? Warum ich nicht die Wahrheit gesagt hatte? Dann hätte ich ja zugeben müssen, mich illegal wie ein Kreuzfahrer ins Morgenland gemogelt zu haben, und eigentlich geplant hatte, mit demselben Betrug auch wieder auszureisen. Nein, nein. Meine Variante war eindeutig die bessere. Stranddiebstahl war an der türkischen

Riviera ungefähr genauso selten, wie Geschwindigkeitsübertretungen im deutschen Straßenverkehr. Und dass diese Urlauberbeschwerdenbearbeiterin mich für so saudämlich hielt, dass ich meine ganzen Dokumente dem Schutz einer Luftmatratze anvertrauen würde, war mir völlig wurscht. Ich wollte auf keinen Fall den Rest meines Lebens als Tellerwäscher in einem Hotel an der türkischen Riviera verbringen, einem Hotel, in dem ich nie Trinkgeld gab!

Am nächsten Morgen nahmen wir einen Linienbus nach Antalya. Dort brachte uns ein Taxifahrer zum deutschen Konsulat, das sich im obersten Stockwerk eines Hauses in einer trostlosen Plattenbausiedlung befand. Der Fahrstuhl schien funktionstüchtig. Die Geräusche, die er fabrizierte, waren aber dazu bestimmt, Nervosität bei den Fahrgästen zu provozieren. Auf dem Rückweg würden wir die Treppe nehmen, das stand fest, noch bevor dieses wartungsfreie Gefährt das Dachgeschoss erreichte. An den Gesichtern der Bürohengste dieses Konsulats ließ sich ablesen, dass ich für sie nur ein Fall unter vielen war. „Tach, mein Name is Klaß, ich fliech am Sonntach heim un brauch neue Papiere." Die Dame sah von einem Stapel Papier auf, mit dem sie gerade einen Reißwolf fütterte und musterte mich skeptisch. Zuerst schien sie antworten zu wollen, doch dann wandte sie sich wieder der wegen mir unterbrochenen Tätigkeit zu. „Wo sind denn Ihre Papiere?", fragte sie den Reißwolf. Ich begriff, dass die Frage mir galt, sie es aber nicht für nötig hielt, dieses Gespräch durch ein Mindestmaß an Höflichkeit unnötig aufzuwerten. Das ärgerte mich zwar, doch ich konnte mir hier keinen Aufriss leisten. Ich war nur Bittsteller und auf die Gnade der Obrigkeit, die diese Drehstuhldompteuse verkörperte, angewiesen. „Naja, verlorn oder gestohln. Wahrscheinlich gestohln.", gab ich zurück. Die nicht mehr allzu junge Frau runzelte ihre Stirn. Jedenfalls glaubte ich das. Andererseits sah sie auch so aus, als hätte sie die letzten zehn Jahre nichts anderes getan. Der tägliche Stress mit den vielen schlampigen Touristen war eine Herausforderung, der ihre Faltencreme nicht gewachsen war. „Also, junger Mann", begann sie im Tonfall einer Domina. „Sie müssen sich bis spätestens heute Mittag eine Ausweiskopie Ihres

Einwohnermeldeamtes besorgen und uns vorlegen. Dann ..." „Kein Problem", unterbrach ich sie. „Borgen Sie uns einfach Ihren Helikopter oder Privatjet, dann flieg ich schnell nach Eisenach und zur Mittagspause bin ich wieder zurück."

Ihre ohnehin schon dünnen Lippen wurden noch schmaler. Verdammt, die war ja durch gar nichts aufzulockern! „Ihnen scheint der Ernst der Lage nicht klar zu sein", fauchte sie gereizt. „Morgen ist das Konsulat geschlossen und wenn Sie bis Sonntag keine Papiere haben, wird's richtig teuer für Sie!" Das klang bedrohlich. Sie schob mir einen Zettel zu: „Hier ist die Faxnummer unseres Konsulats. Versuchen Sie jemanden zu erreichen, der Ihre Dokumente an diese Nummer faxt!" Wie gut, dass meine Mutter im Vorruhestand lebte, sonst würde ich wohl noch heute in der Türkei Tische abwischen und den Müll aus der Küche tragen. Soweit kam es nicht – um zwölf waren die Papiere da. Zusammen mit der Verlustanzeige meiner Dokumente vorgelegt sollte einer ungehinderten grenzüberschreitenden Heimreise auch in Zeiten des Terrorwahns nichts im Wege stehen. Wo wir einmal ohne Reiseleiter, die einen in die geldgeilen Rachen von psychologisch geschulten Drückerkrämern warfen, in Antalya waren, sollte sich die Stadt uns so offenbaren, wie es Eisenach gegenüber ARD-Kamerateams nur dann tat, wenn eine bedrückende Milieustudie gedreht wurde, weit weg von den Postkartenpanoramablicken, mit denen Doktor Kleist Dienstag für Dienstag die Welt von Millionen Realitätsflüchtlingen kuriert. Wir entdeckten das mausgraue Stadion des türkischen Erstligisten Antalyaspor. Das Tor war unverschlossen. Ungestört inspizierten wir die Trainingsräume. So unbehelligt konnte man noch nicht mal das Wartburgstadion durchstöbern! Bestimmt machte der Platzwart (und wer immer hier noch zum Sicherheitskorps gehörte) gerade Mittagspause. Andererseits gab es auch nichts, was es wert gewesen wäre, bewacht zu werden. Es wurde Zeit, sich zum Busbahnhof durchzufragen. Gegen ein paar Millionen Lira übernahm ein Taxifahrer diesen Job für uns. Noch drei Stunden Zeit bis zur Rückfahrt. Zeit zum Rumgammeln. Antalyas Innenstadt ist frei vom sonst üblichen Tourismusklamauk. Hier benehmen sich die Händler wie Angehörige der modernen Zivilisation und nicht wie die letzten überlebenden Phönizier. Auch die Restaurantbesitzer versuchen nicht, einem das vierte Mittagessen am Stück aufzuschwatzen. Der Betreiber eines Straßencafés hatte früher in Deutschland gelebt und war Fußballfan. So kam ein ungezwungenes Gespräch zustande. Zwölf Pilsener und zwei Döner später saßen wir im Bus zurück nach Alanya. Der Tag war anstrengend, aber zufriedenstellend verlaufen, also hatten wir uns einen Ehrenplatz auf der Rückbank mit einem Maximum an Beinfreiheit verdient. Doch kaum hatte sich der osmanische Greyhoundbus in Bewegung gesetzt, platzierte sich direkt zwischen uns ein kleiner alter Mann, dessen Verhalten uns zunächst beunruhigte. Er setzte sich ein rundes weißes Käppi mit Gardinenmuster auf, drehte seinen Oberkörper in meine Richtung, hielt seine Hände im Abstand von drei Zentimetern vor sein Gesicht und verbeugte sich vor mir. Dann drehte er sich zu Tino und wiederholte diese Geste. Anschließend verbeugte er sich ebenso zu den übrigen Fahrgästen. Nun schloss er die Augen und seine Lippen bewegten sich lautlos. Mir dämmerte langsam, dass dieser Mann weder von Sinnen war, noch dass er Selbstgespräche führte, sondern dass er sich der Andacht eines Gebetes hingegeben hatte.

Wir wollten den frommen Mann nicht in seiner Sammlung stören. Ich sah zum Fenster hinaus und bewunderte den Blick auf das Mittelmeer, Tino war eingedöst. Nach kurzer Zeit fing er erbarmungslos zu schnarchen an, außerdem vermute ich, dass im hinteren Busteil das Döner-Bier-Gemisch unseres Odems die Atmosphäre ruinierte. Auf jeden Fall fand der heilige Mann in unserer Nachbarschaft alles andere als optimale Bedingungen für seinen religiösen Input vor. Zwei jüngere Mitreisende, die zu seiner Familie zu gehören schienen, boten dem Mann für die Zeit seiner Andacht ihren Sitzplatz an. Die Ankunft in unserem Hotel lief ab wie gehabt: Wie üblich kamen wir zu spät, wie üblich war das Buffet schon abgeräumt und wie üblich lachten die Kellner uns dafür aus. Man sah ihnen an ihren sarazenischen Nasenspitzen an, was sie dachten: „Das habt ihr davon, dass ihr nie Trinkgeld in die Box werft, verfluchte ungläubige Geizhälse! Hä, hä, hä, hääää!"

Die zwei Wochen gingen ihrem Ende entgegen, gerade jetzt, als wir unseren Rhythmus nicht nur gefunden, sondern lieben gelernt hatten. Die Häme der Kellner konnte schon lange keine Wunden mehr in die Hornhaut unserer Seelen schlagen. Und auf die Basardrücker hatten wir uns auch eingestellt: Wir gingen immer erst abends dorthin, wenn wir jeder schon etwa vier Pils und einen Raki intus hatten. Jeden Verkäufer, der uns als Freund bezeichnete, nahmen wir sofort in den Arm und forderten ihn nach guter abendländischer Unsitte zum Mitschunkeln auf. Die empfindlichen Nasen der dauerabstinenten Einheimischen gehen sofort auf Distanz zu jedem Zechbruder. Vielleicht weil sie Angst haben, dass bereits die Inhalation alkoholversetzter Atemluft vom Propheten als Sünde ausgelegt werden könnte.

Sei's drum – wenn es am schönsten ist, soll man gehen. Ein letzter Flirt mit den Rezeptionsschönheiten versüßte uns den Abschied vom Hotel. MP-bewaffnete Uniformträger, die den Flughafen zur Terroristenabwehr umstellt hatten, gaben ihm ein gewisses Alcatraz-Flair.

Wie gut, dass wir gültige Dokumente hatten. Die letzten paar Millionen Lira wurden in der überteuerten Duty-Free-Kneipe verlötet. Ob wir nicht doch lieber hätten Trinkgeld geben sollen? Was soll's, eh zu spät. Unsere Mitreisenden drängelten sich am Abfluggate. Wir nicht, noch hatten wir Urlaub! Wir erreichten diesen Fußgängerschlauch schließlich auf den letzten Drücker. Eigentlich waren es ja zwei. Nur dass einer der beiden mit Absperrband verziert war. Nun liegt es ja im natürlichen Wesen des Menschen, Neugier zu zeigen. Durch Neugier und Forscherdrang hat sich die Menschheit zum Spitzenreiter der Evolutionsliga aufschwingen können. Wir brauchten uns also nicht zu schämen, wenn wir unbedingt herausfinden wollten, wohin dieser verbotene Gang führte. Volltreffer!!! Unser Mut wurde belohnt, denn wir kamen direkt in der ersten Klasse an. Wir nahmen erstmal Platz – rauswerfen konnten sie uns immer noch. Doch niemand unternahm den Versuch. So sollte Urlaub sein: Nobel reisen – zu Schnäppchenpreisen!

NIGHTMARE ON NIEMANDSROAD

ICE

Nachdem während der vergangenen Tage der Schlappa beim Tanzen von der Box gefallen war, sich den Knöchel geprellt und die Hand aufgeschnitten hatte, wogegen der Klausen nach einem Unfall im Pool eine genähte Wunde unter einem Riesenturban spazierenfahren musste, war nun unser Ziel die zauberhafte Oase Kayblabla. Holger und ich glotzten auf die Karte und stellten fest, dass ein Zwischenstopp nicht in Frage kam, vor allem auch weil Außenstehende uns geraten hatten, grundsätzlich durchzudonnern. Sehr ungemütliches Gebiet, in dem man sich möglichst unsichtbar bewegen sollte. Wir also los, über gut gepflasterte Straßen. Die Infrastruktur stimmte, allerdings war das Umfeld gruselig: locker gruppierte Armutssiedlungen ohne jeglichen Bezug zur Umwelt, gesäumt von ausgebrannten Autowracks. Wir stellten uns vor, wie wir hier ausgeschlachtet werden würden und uns kein Schwein vermisste ... Auf der Hälfte der Strecke, alles döste behämmert vor sich hin, gab es ein Highlight, als ein offensichtlich schwarzer Genosse versuchte, die Schnellstraße auf unserer Spur zu überqueren, wobei wohl ein Pickup sein Ziel war. Holger hupte, drosselte die Geschwindigkeit, aber der Typ, nennen wir ihn Dieter, blieb auf der Straße stehen, glotzte blöd und fummelte sich am Sack! Wir rauschten mit Vollbremsung heran und versuchten auszuweichen. Er glotzte uns an, machte keine Anstalten uns auszuweichen und flog mit einem Riesenknall über unsere Haube in den Busch – und wir in die vor uns campierende Pritsche, deren völlig irritierter Fahrer nun ausstieg. Der Fahrer, nennen wir ihn Manfred, hatte eine Flasche in der Hand, und kurz vorher wohl im Gebiss, er war verwirrt und schaute erstmal nach seiner Anhängerkupplung, anstatt nach seinem Kumpel. Wir machten ihm begreiflich, nach seinem Kameraden zu suchen, doch er fing an über seine verzogene Heckstange zu klagen. Sein Schaden war gering, bei uns war der Kühler zertrümmert, das Wasser lief qualmend in die Pampa. Holger und ich machten uns Sorgen um Dieter. „Ist er tot? Und wo ist er überhaupt?" Wir liefen zum Busch, erhaschten einen kurzen Blick auf ein dort liegendes Bündel und hetzten zurück, denn jetzt wurde es ungemütlich! Unser Fund interessierte Manfred nicht die Bohne, der war ihm scheißegal. Er fing an uns zu bedrängen, wegen des lächerlichen Schadens, wir forderten ihn auf, nach seinem Kumpel zu schauen! Doch Manfred winkte ab, zeigte zornig-weinerlich auf sein Vehikel und forderte unmissverständlich eine finanzielle Abfindung! Wir hatten andere Sorgen, denn aufgrund des Geschreis kamen von überallher zerrupfte und zugefuselte Gesellen, wobei ihnen der Unfall völlig schnuppe zu sein schien, scheiß doch auf einen Toten mehr oder weniger. Wichtiger war die Frage nach Beute. Plötzlich ging alles ganz schnell. Jemand zog den Zündschlüssel ab! Boa! Horror! Holger lief ihm hinterher, luchste ihm das Teil wieder ab. Währenddessen kreiste ich wie ein Sputnik um den Van und haute den Wichsern auf die Finger. Einige waren dabei, unsere Heckklappe zu öffnen, um das Gepäck zu klauen und irgendwas abzumontieren. Die Situation drohte zu eskalieren, als Typen mit Knüppeln auftauchten. Doch dann tauchte von der Küste her ein Touristen-Allrad mit Weißen auf. Ich hielt die offensichtlichen Angler an, wollte Rat. Der Fahrer stieg zwecks kurzer Analyse aus und rief: "Get in your car and go, go, go!" Das erschien uns plausibel, da uns mittlerweile halb Mittelsüdafrika lynchen wollte. Wir hechteten in unsere Kiste und fuhren mit quietschenden Reifen durch die Menschenmenge, um festzustellen, dass wir nicht weit kommen würden. Der Kühler war im Arsch, alle Instrumente spielten verrückt. Wir fuhren bis der Wagen stehen blieb, vier Kilometer weiter. Uns kam ein Wagen entgegen, er hielt, drei aufgemotzte Klunker-Gangsta stiegen aus und machten einen auf gutmütig. Nachdem ich unser Motorproblem geschildert hatte, sagte der eine, nennen wir ihn Snoop Dogg: „Ah, ihr seid die, die vorne jemanden umgefahren haben!" Oops, mir wurde ein wenig schwindelig. Der Typ lächelte mich süffisant an und versprach, uns eventuell zu helfen. Also das nenne ich mal richtigen Buschfunk! Negativ für uns! Die Typen kamen aus der entgegengesetzten Richtung und wussten Bescheid, die sahen nicht so aus, als ob sie uns so ohne weiteres helfen würden!

Snoop Dogg schielte mit seinem Kumpel Ice-T kichernderweise unter unsere Motorhaube, während unverhofft ein Defender heranpreschte, aus dem der Fahrer sprang und fragte, was los sei, worauf sich die Gold-Homies verpissten. Unsere Retter waren zu fünft in Familie unterwegs, sie hielten Rat, wobei die Frau nur Theater machte – sie wollte möglichst schnell nach Hause. Wir standen da wie gelähmt. Der Defender fuhr ohne uns los, drehte um, hielt, eine Seilwinde wurde ausgepackt. Ich packte den Fahrer bei den Schultern und stammelte was von Schuld und Dankbarkeit. Er wiegelte ab, sagte: „Kein schöner Ort zum Verrecken ..." Sie schleppten uns die Serpentinen hinauf, bis zur nächsten Polizeistation, von uns fielen zentnerschwere Steine, nur weg von hier! Doch wie groß war die Ernüchterung, als wir die Polizeistation erblickten! Nun ist eine „Polizeistation" den meisten Deutschen ein Begriff: Sicherheit, Kompetenz, Information und so weiter. Doch dort war es wie im Wilden Westen: durch einen löchrigen Zaun marschierten Kühe, ein Dorfrowdy randalierte in seiner Zelle, ein Bulle bewachte nur das Telefon und hatte von nichts eine Ahnung. Immerhin konnte ich Kontakt zu Avis aufnehmen. Doch welch Akt, denen wiederum klarzumachen, wo wir gelandet waren! In der Zwischenzeit tauchte ein Pickup mit zwei „Policeofficern" auf, sie wollten mit uns die Unfallstelle begutachten. Holger und ich sahen uns genötigt, uns auf die Pritsche des Troopers zu schwingen, damit wir die Sache schnellstens bereinigten. Mit gemischten Gefühlen ließen wir Schlappa und Klausen in der Polizeistation zurück und donnerten dem vermeintlichen Unfallort entgegen, wobei uns in den Weiten der Pampa ein Alibi-Ort lieber war. Irgendwann hämmerten wir spontan auf die Führerhauskabine und teilten mit, dass hier ungefähr der Unfall passiert wäre. Der Pickup hielt quietschend, wir hüpften von der Pritsche. Aber was für eine Überraschung: Plötzlich tauchten bekannte Leute auf, die mit Fingern auf uns zeigten und wild gestikulierten! „Scheiße – jetzt sind wir dran!" Die „Polizisten" waren offensichtlich aus der Gegend und unterhielten sich gemütlich mit den Anliegern im Stammesdialekt. Wir standen ohnmächtig daneben und hofften, dass uns die Bullen die Zugedröhnten vom Hals halten würden. Doch während die Beamten ihr Maßband zückten, um die unwichtige Bremsspur zu vermessen, sammelten sich Neugierige um uns. Sie sahen uns mit glasigen Augen an, befingerte uns, wollten „wichtige" Infos. Ich wurde genötigt, Jobs in meinem Heimatland zu vermitteln. Drei Leute zupften an meiner Jacke und wollten unbedingt mein Hausboy sein, obwohl sie mich vor ein paar Stunden noch lynchen wollten, aber jetzt war es wohl eine andere Situation … Die Cops ließen sich Zeit und das nervte. Unsere Hauptsorge, der umgefahrene Passant, war kein Thema! Irgendein toter Schwarzmann lag im Busch und niemand interessierte sich für ihn! Nach 1000 Anfassattacken durften wir auf die Pritsche hüpfen, um in die „Heimat" zu fahren, dem Polizeirevier, wo unsere völlig entgeisterten Kameraden uns sehnsüchtig anglotzten. Hier hatte sich einiges abgespielt: Eine besoffene Hure war unbehelligt ins Polizeidistrikt getorkelt und hatte den vor sich hindösenden Jungs aggressiv ihre Liebesdienste angeboten. Sie verklickerte dem Klausen, kein Aids zu haben, und war kurz davor, einen der beiden Hilflosen zu besteigen. Als der einzige Hilfspolizist angerannt kam, um die Braut zu vermöbeln, rammte diese ihm die Hacken in die Fresse, worauf der Bulle auf den Rücken fiel! Doch danach vermöbelte er die Krawallbraut mit dem Knüppel nach Strich und Faden. Wenig später sah wiederum er ziemlich alt aus! Avis war immer noch nicht da. Das Geschrei lockte versoffene Fuseltypen an, es wurde schon wieder ungemütlich. Unser sicher geglaubtes Polizeiterrain war für den Arsch! Nach nochmaligem Hilferuf kam die Erlösung. Quasi aus dem Nichts tauchte die „Avis-Airborn" mit Sattelschlepper und Ersatzwagen auf. Die Mechaniker schüttelten den Kopf. Wir gaben uns High-Five, bestiegen unseren neuen Van, um unser ursprüngliches Ziel zu erreichen: ein verschissenes, verlassenes, ehemaliges Surfernest. Kayblabla, Afrika.

MALTESER HAFENRUNDFAHRT

ANDREAS GLÄSER

An der Hafenrundfahrtsanlegestelle gaben sich die flirtenden Fischerinnen zurückhaltend. Im Herbst war das Geschäft ohnehin rückläufig, egal, es war von Anfang Mai bis Mitte Oktober klasse. Ich stand mit meinem Dreijährigen vor dem Kapitän und radebrechte auf Englisch zwei Karten für eine große Hafenrundfahrt mit einem kleinen Boot herbei. Emil und ich wollten in den Buchten von Sliema, Valletta und Vittoriosa umherschaukeln, immer schön nahe der Festungsanlagen, vor denen die Malteser Ritter vor einigen hundert Jahren Dutzende osmanischer Kriegsschiffe versenkt hatten. Der Mann erklärte mir, dass das Meer momentan zu stürmisch sei und deshalb keine kleinen Boote um die Landzungen fahren würden. Besser wäre ein großes Schiff, eine längere Tour, aber wenn wir darauf bestehen würden, wäre der halbe Preis Ehrensache. Schön. Aber seit wann war sechs die Hälfte von acht? Andererseits waren sechs Malta-Pfund auch zehn Euro, ein fairer Preis für die altertümliche Filmkulisse der Nordküste, zumal, wenn wir sie vom Meer aus sahen, und zwar länger, als wenn wir nur mal eben für 50 Cent mit der giftgrünen Hofbräu-Fähre in der Bucht von Sliema nach Valletta schaukelten. Gut. Insgesamt wollten sich zehn Passagiere einiges bieten lassen. Emil und ich, wir platzierten uns in der ersten Reihe, der Wind kühlte angenehm, kleine Wellen plätscherten dahin. Der Kapitän erzählte von den Gebäuden am Ufer; hier das Fort Manuel, dort der Royal Malta Yacht Club; hier ein halbfertiges Hotel, da zwei ausrangierte Kriegsschiffe. Schnell hatten wir die erste Bucht abgehakt und fuhren hinaus. Die Wellen wurden größer, der Wind schärfer. Konnte sein, dass uns der Kapitän informiert hatte, dass er nun doch rausfuhr, vielleicht in seiner Muttersprache. Er sah besorgt aufs Meer hinaus und funkte mit der Küstenwache. Okay, die Route war klar, die Sicht eher nicht. Ich zog Emil zu mir heran, seine spontanen Ausflüge waren jetzt weniger gefragt. So kurz hinter der Spitze sitzend, schöpften wir alle Bewegungsmöglichkeiten voll aus: Wenn es aufwärts ging, sahen wir nur den Himmel, wenn unser Bug auf die Wasseroberfläche klatschte und sich die nächste Welle näherte, sahen wir nur noch Wasser. Ich hatte nichts gegen die Umkurvung der Landzunge, doch warum mussten wir dafür 200 Meter vor ihr umherschippern? Emil stellte mit Nachdruck fest: „Das schaukelt … Papa, Papa, … das schaukelt!"

Ich log: „Alles schön!"

Der Kapitän rief in den Wind, ich solle den Jungen festhalten. Das war nicht nötig, denn Emil klammerte sich an mich, wobei das Schaukeln noch gar nicht so schlimm war, ich dachte sogar an unseren Rucksack, der auf die Planken gefallen war und nur deshalb nicht verschwand, weil ich den Fuß in einer Schlaufe hatte. Emil wollte aussteigen. „Geht jetze nich!"

Die hinter uns sitzenden Engländer amüsierten sich über uns. Ich hätte keinen Cent auf ihre Rettungsschwimmerqualitäten gegeben. Emil schrie nach seinem Papa, aber da ich davon ausging, dass ich das war, und nicht irgendwer auf dem fernen Festland, musste er doch nicht so schreien, sein Mund war an meinem Ohr, ich verstand ihn gut. Die Schiffsspitze hob sich und klatschte ins Wasser, die nächste Welle donnerte gegen den Bug, nun waren wir nass. Kleine nasse Wesen im Universum, unsere Namen würden keine drei Generationen später vergessen sein. Unser Boot hieß Poseidon, aber es war nur eine Nussschale, die auf der wogenden graugrünen Wasseroberfläche in die Tiefe gerissen zu werden drohte. Das war die Wahrheit. Ich dachte nur daran, wie wir die nächsten Wellen überstehen würden, gar nicht an die halbstündige Bootstour. Warum mussten wir so weit draußen umherschippern? Waren die drei Klippen am Ufer eine Gefahr? Hundert Meter weiter draußen schaukelte ein anderer Kahn auf und ab. Die Leute hatten es gut, sie befanden sich auf der Rückfahrt.

Früher, als Arbeitnehmer, hatte ich in der Bahn oft sehnsüchtig aufs Nebengleis hinübergeschaut, wo die Leute in Richtung meines Stadtbezirks fuhren. Aber so viel verlangte ich nun gar nicht vom Leben, ich würde auch zur Arbeit fahren. Meinetwegen auch sechs Uhr morgens, schweinekalter Februar, Schienenersatzverkehr im Neubauviertel der Hauptstadt des verbrecherischen Regimes, ganz egal.

Auf dem Deck schlitterte mein Rucksack, so weit es die Schlaufe um meinen Fuß herum zuließ. Der Kapitän telefonierte nicht mehr – hatte man uns abgeschrieben? Gewarnt wurden wir jedenfalls. Aber als Deutscher strebte ich nicht nur zu den Ufern des Wohngebiets von Vittoriosa, sondern auch zum Meeresboden, zu den gesalzenen Gebeinen der Osmanen. Ich wurde nicht nur im maltesisch-englischen Kauderwelsch gewarnt, sondern auch fast in meiner Muttersprache, und zwar von den schwäbischen Senioren, die uns im Hotel gerne verfolgten und bequatschten. Sie sprachen von einem deutschen Taucher, der am Tag zuvor die Sturmwarnungen ignoriert hatte und nicht mehr aufgetaucht sei. Diese Schwaben hatten Recht: So ein monotoner siebentägiger Trott vom immer gleichen Strandcafé zur Hotelbar war nicht der schlechteste Kurzurlaub. Pauschal ins Paradies – yeah!, yeah!, yeah! Emil schrie mich an: „Papa, Papa!" Ich spielte unsere Möglichkeiten durch, sah nach Rettungsringen, aber sie befanden sich zu weit weg von uns, waren zu wenige und hingen auch noch direkt neben den Engländern. Wir schipperten zwar in Europa umher – aber im Süden. Wir hatten die Demokratie der Mittelmeerbewohner übernommen – sie aber nicht unsere Deutsche Industrie-Norm. Wo war eigentlich das andere Ausflugsboot? Egal. Ich würde im Überlebenskampf behindert sein, weil mein Sohn mir um den Hals hing. Vielleicht könnte ich mich und seine fünfzehn Kilo kurzzeitig über Wasser halten, aber ich wusste, dass er mit seinen Händen an meiner Kehle rummachen würde, wie bei unseren Proben in den Strandbädern. Wir müssten uns mit einem Holzbrett oder dergleichen zufriedengeben. Davon träumte ich, denn unser Schiff war ein eiserner Einteiler. Der große Schicksalssprecher würde kurz topp oder flopp sagen. Nicht mal mehr eine Flaschenpost. „Papa!, Papa!", wurde ich angeschrien. „Festhalten!", befahl ich. Kein netter Dreiwörtersatz, kein Schmusetonfall. Ich erhob mich und schleppte ihn zur Mitte, wo es weniger auf und ab ging. Der Kapitän wollte uns zum Sitzenbleiben bewegen. Zu spät. Die anderen Passagiere lachten nicht mehr. Der Kahn schaukelte nun auch seitlich hin und her. Fast unvorhersehbar, in welche Richtung es ging. Ich bewegte mich in der Hocke fort, eher auf den Knien als im aufrechten Gang. Emil am Oberkörper hängend, den Rucksack hinterherschleifend, mit nur einer Hand festhaltend, von einer Bank zur anderen, Richtung Kajüte. Auf die Haltungsnote kam es nicht an. Der neue Platz war kein wirklicher Gewinn, nur eine kleine Demonstration, dass Papa alles im Griff hat. Ich rief dem Kapitän zu, dass er bei der nächsten Möglichkeit anlegen solle. Er verwies auf seine Vorschriften. Die waren mir egal, genauso wie alle Verträge über Maltas Beitritt in die EU im Allgemeinen und das angebliche militärische Sperrgebiet mit den Kriegsschiffen vor Valletta im Speziellen. Ich bekräftigte meinen Ausstiegswunsch in zackigem Deutsch und verwies auf meinen verängstigten Sohn. Wir legten neben einem Kriegsschiff an. Der Kapitän musste schnell weiter, er erinnerte uns an den halben Fahrpreis, wir könnten uns einige Taler in Sliema abholen, ich winkte ab, denn die Hälfte von acht war nur zwei. Ein letztes Mal sah ich in die ängstlichen Augen der weiterfahrenden Touristen. Vornehm ging die Welt zugrunde. Am nächsten Tag würden die schwäbischen Senioren von ertrunkenen Hafenrundfahrern sprechen, von drei Engländern, vier Schweden und einem Malteser. Ich war froh, dass Emil noch nicht im schulfähigen Alter war, sonst wäre er von dort aus in den Bus gestiegen und ich hätte die große Fahrt im kleinen Boot anstandshalber auskosten müssen. Ich bedankte mich bei ihm für die Rettung meines Lebens, er stutzte kurz und forderte Pommes. Natürlich.

SYLT – DIE REICHEN DIE SCHÖNEN UND WILLI WUCHER

WILLI WUCHER

Was würde das allabendliche Sandmännchen jetzt sagen? Klar: „Nun liebe Kinder, gebt fein Acht, ich hab euch etwas mitgebracht." Meine Eindrücke aus der High Society, exklusiv für die Unterschicht, hier wir gehen:

Möwenkot

Im Sommer 2006 verschlug es mich in den höchsten Norden unserer Bananenrepublik, nach „auf Sylt". Die In-Insel, dort wo sich die High Society tummelt, wo sich die „wichtigen Menschen" aufhalten und zeigen – und eben auch dort, wo sich Normalsterbliche wie ich auch mindestens einmal im Leben den verfluchten Möwenkot auf den Schädel tropfen lassen sollten. Denn egal wie hip man ist, egal, wie viel Geld man in der Tasche hat – im Angesicht des Möwenkots sind alle Menschen gleich, der trifft sie alle irgendwann.

Die Reichen

Es ist schon unglaublich, welche High Society sich auf Sylt, vor allem in Kampen, so rumtummelt. Man kennt das sonst nur aus der Bild-Zeitung und aus diesen TV-Magazinen – aber es ist wahr: Hier sind sie alle. Und sie sollten einfach nur ignoriert werden. Bis auf einmal drückte ich stets die visionäre Igno-Taste. Das Angebertum fällt auf Sylt übrigens sehr schwer: Wenn jemand einen fetten Mercedes der XXL-Klasse fährt und man das Gefährt kurz bestaunt, fährt auch schon ein Maybach vor und man staunt eine Stufe höher. Das dicke, teure Haus auf der linken Seite steht im Schatten der noch größeren, fetteren Villa auf der anderen Seite. Jede und jeder mit Geld toppt sich in ungeahnte Höhen. Würde die deutsche Steuerfahndung hier mal so funktionieren wie sonst bei Kleinunternehmern und Lohnempfängern, na da käme einiges an Geld für Angie M. und Franze M. zusammen. Aber ich gönne den Reichen problemlos noch mehr Kohle. Wenn's schön macht …

Die Schönen

Hübsche Frauen sah ich reichlich. Meist am Strand, oft in der Stadt, bisweilen auch im Spielcasino und in anderen Lokalitäten. Übliche weise war ich besoffen, und so waren fast alle immer schöner als in Wirklichkeit. Also Schwamm drüber – meine Ehefrau ist sowieso die Schönste, egal ob ich nun nüchtern oder besoffen bin. Außerdem trägt sie keinen Fummel von Armani oder so; sie muss nicht in die In-Läden namens Bulgari, Cartier und Gucci – alle sesshaft in Kampen. Und sechs Mal im Jahr Schönheitskur auf Sylt können wir uns nicht leisten.

Finanzen

Auf Sylt braucht man Geld, viel Geld. Eine so genannte „feindliche Übernahme" durch unsere Unterschicht klappt da schon mal gar nicht. Da geht nichts mit „im Freien am Strand zelten", denn selbst der Zugang zum Strand muss mittels Kurtaxe in Höhe von 3,50 Euro täglich bezahlt werden. Und damit auch jeder zahlt, gibt es überall Kassenhäuschen, in denen die Kurverwaltung Personal reinsetzt, welches penibel darauf achtet, dass bloß niemand den heiligen Sand gratis betritt. Man denkt natürlich, dass es kein Problem darstellen sollte, irgendwie mittels Dünenweg oder über wilde Felder bis an den Strand zu gelangen. Falsch gedacht, denn überall wo kein offizieller Durchlass zum Strand ist, gibt's unangenehme Zäune, schwer bezwingbare Hindernisse … Irgendwie ist das alles mit einem leichten DDR-Nostalgie-Touch versehen. Aber die Idee ist ja grundsätzlich lobenswert: Dieses Kassenhauspersonal finanziert sich durch die 3,50 Euro Kurtaxe wie von selbst – und es bleibt noch Geld übrig, das dann anderweitig „sinnvoll" eingesetzt werden kann: Denn nachts laufen Strandwächter herum, quasi mit der Lizenz zum Verjagen. Die sprechen tatsächlich Platzverbot aus, obwohl es ja eigentlich Strandverbot heißen müsste. Und damit alles sauber, fein und rein bleibt, fahren morgens ab sieben Uhr große Bagger am Strand entlang und wischen die Spuren im Sand – remember Howard Carpendale – vom Vortag mit ihren riesigen Schaufeln hinfort ins „Haste-nicht-gesehen". Man löhnt zwangsläufig, und so ganz nebenbei frischt sich das eigene gute Gewissen dabei auf, denn somit steht zumindest hier der Natur-, Küsten- und Dünenschutz ganz oben.

Aber Sylt hat natürlich nicht nur Strand, Sand, Kassenhäuschen und Zäune, es gibt auch nicht nur Möwen und deren Kot, und Reiche und deren Geld, und Schöne … Knallhart gesagt: Sylt ist geil! Und in einem Miet-Ferienhaus im Ortsteil Wenningstedt mit Reetdach oben drauf lässt es sich zwei Wochen sehr gut leben!

Aldi

In der „Hauptstadt" Westerland gibt's tatsächlich einen Aldi-Supermarkt, in dem man so einkaufen kann, wie in anderen „normalen" Städten auch. Sogar die Preise sind so wie in all den anderen Aldi-Märkten deutschlandweit. Ob sich im Sommer 2004 wirklich eine Liebesgeschichte wie im Song *Im Aldi auf Sylt* zugetragen hat, entzieht sich meiner Kenntnis, zu hören jedenfalls auf der LP von Supernichts, *Hamburg, Köln, Belgrad*: *„Zwischen Karlsquell und Amaroy / Sah er sie und dachte: ‚Oi!' / Er war Kölner Drinkingclass / Sie war Sylter Upperclass / Die Tüten voller Bier, stand er vor ihr / An der Aldi-Tür, im Sommer 2004 / Er fuhr nen ollen Einkaufswagen / Und sie nen schicken Porsche Cayenne / Triebe im Aldi auf Sylt / Wilde Liebe im Aldi auf Sylt"*

Meine Reisegruppe

Es ist gut zu wissen, dass nicht nur ich gemeinsam mit meiner Ex-Freundin, die mittlerweile längst meine Ehefrau ist, auf Sylt verliebt war. Und der Sylt-Sommer 2006 wurde ein schöner, wirklich optimaler Familienurlaub mit den Großeltern und unseren vier Kindern. Da lief zeitgleich und sekundär diese Fußballweltmeisterschaft auf dem Festland ab, was uns jedoch nicht davon abhielt, 14 tolle Tage bei wirklich tollem Wetter auf Sylt zu verbringen. Das geschah bisweilen in der ganzen großen Familiengruppe, das wurde auch von mir allein erlebt, und glücklicherweise konnte ich das auch öfters mal im Duett mit eben jener Ehefrau genießen. Großeltern sei es gedankt …

Essen

Die Speisen waren fast immer gut; der lange nicht mehr geheime Geheimtipp dazu lautet natürlich Gosch – diese einstige Fischfrittenbude, die mittlerweile mehrere optimale Standorte in den wichtigen

Regionen der Insel hat. Meine Empfehlung im Gosch / Wenningstedt: Scampis vom Grill, mit Knoblauchsoße. Selbst eine simple Portion Bratkartoffeln schmeckt bei Gosch besser und aufregender, als wenn man sich zu Hause die Pfanne auf den Herd stellt und die Kartoffelscheiben da reinschnippelt. Natürlich hat das was mit dem Sylt-Flair zu tun, denn zu Hause kann man beim Speisen schlecht einen fantastischen Sonnenuntergang outside in Wenningstedt genießen … Dazu ein kühles Bier, das man sich nach draußen an die lang gezogene Theke mitnimmt – tja, und dann schaut man einfach nur übers weite Meer, bis dorthin, wo die Sonne grad ins Wasser abtaucht. Empfehlenswert ist es aber, sich bereits zwei Stunden vor Sonnenuntergang einen Platz an dieser Theke zu sichern, denn der Andrang ist enorm.

Sehr gut speisen kann man auch in der fantastischen Sansibar am Ende vom Ortsteil Rantum, aber hier braucht Mensch wirklich enorm viel Geld. Doch zumindest einmal im Leben sollte jeder Mensch draußen an der Sansibar gesessen haben, die nackten Füße im Sand baumeln lassen und sich vom sehr freundlichen Personal bedienen lassen. Die Speisen- und Weinauswahl ist umwerfend. Eine Scampi-Pfanne mit Meerwasser kostet hier zwar mehr Geld als zwei Kästen gutes Bier, aber dafür ist der Genuss einem seelischen Orgasmus gleichzusetzen.

Ebenfalls gut futtern kann man bei verhältnismäßig geringeren Kosten im Blockhouse in Westerland, dort gibt's sehr gute Steaks und nach dem Essen gratis einen Schnaps. Ferner befindet sich schräg gegenüber vom Bahnhof Westerland eine Currywurst-Bude, mit einigermaßen humanen Preisen, mit einem Angestellten aus Köln, mit dem man auch über Fußball reden kann und der bisweilen ein Kölsch ausgibt. Nicht zu empfehlen ist das ehemals auch von mir geliebte Strandrestaurant Wonnemeyer. Dort ist es einfach nur noch teuer, das Personal und die Bedienung sind eine Frechheit und die Speisen können es nicht mal mit meinen Kochkünsten aufnehmen. Schade, denn das Wonnemeyer hatte vor zwei Jahren noch viel Flair, Atmosphäre, tolle Speisen und eine nette Bedienung zu bieten, doch als leicht erkennbarer Unterschichtler – vielleicht sah man mir meine Herkunft aufgrund meiner Badehose und den Tattoos ja an –, wird man dort nur wie eine unerwünschte Person behandelt. Geschenkt, im Urlaub will ich mich wohlfühlen, also ging's mit einem lauten „Schönen Tach noch!" (oder klang es wie „Arschloch!"?) in das nächste Restaurant! Dummerweise nahm mich beim Hinausgehen aus dem Wonnemeyer eine Möwe ins Visier, der Kot landete auf meinem lichten Haupthaar, aber so ist das nun mal, wenn Mist sich mit Kot kreuzt.

Trinken

Wer vom Speisen redet, darf auch den Durst nicht unerwähnt lassen. Vor allem bei schönem Wetter hat man bekanntermaßen allerorts viel Durst – auf Sylt ist der Durst aber irgendwie noch einen Tacken „schlimmer" als anderswo. Die Hotelbar im Miramar, direkt am Strand von Westerland, ist sehr zu empfehlen, wenn man auf „Piefigkeit" steht und eventuell auf Udo Lindenberg treffen möchte. Meine Ehefrau ist bekennender Fan, und tatsächlich hatten wir eines Abends das Glück, dass dieser obercoole Russland-Fan dort eintrudelte. Smalltalk, die Ehefrau mit Freudentränen in den Augen – und ich genoss einen Jim Beam mit Cola dazu. Tags darauf trafen wir Udo in einem Schreibwarengeschäft, dort wurden ganz tolle Familien-Fotos geschossen, die jede und jeder aus unserem Bekanntenkreis gesehen hat, egal ob sie oder er die Fotos sehen wollte oder nicht … In der Miramar-Hotelbar kann man auch gut den Kellner manipulieren …, eine mitgebrachte Pöbel-&-Gesocks-CD lief tatsächlich fünf Lieder lang. Ehrlich gesagt: Sie lief exakt so lange, bis weitere Gäste kamen.

Noch ein Trinktipp: Am Hafen in List kann man günstig Dosenbier kaufen und sich irgendwo hinsetzen! Das hat „Ich bin der Punker am Brunnen vom Hauptbahnhof in den 80er Jahren"-Charakter und macht Spaß.

Im Spielcasino im Kurhaus macht das richtige Saufen auch Spaß. Aber wieder der Hinweis: Man braucht Geld. Hier natürlich sogar noch etwas mehr davon. Denn die Getränke im Casino sind zwar ausgezeichnet – aber auch der „besseren Gesellschaft" angepasst. Für ein großes Glas Bier würde man im Getränkemarkt an der Ecke (im

Ruhrpott) einen ganzen Kasten Billigbier kriegen. Im Spielcasino allerdings hat unsereins manchmal aber Glück und erzockt ein paar Euros beim Black Jack – und dann gilt „Was kostet schon die Welt?" Das gilt so lange, bis am Spieltisch eine nicht enden wollende Pechsträhne eintritt, die theoretisch zwar gar nicht möglich ist – die einen dann aber in der Praxis zum vorzeitigen Rückzug zwingt … Dieser Rückzug wird beim Verlassen der heiligen Zockerhalle mit einem lauten „Oi! Oi! Oi!" kundgetan – und beim nächsten Mal kommt man dann erst gar nicht mehr da rein. Was irgendwie auch besser ist …

„Gut trinken" kann man aber auch an der Kartoffelkiste in Wenningstedt, dort gibt es Trampolin-Sprungmatten, auf denen die Kids zum Minutentaktpreis rauf- und runterjumpen.

Szene

Underground oder Subkultur habe ich auf Sylt so gut wie gar nicht gesehen. Eine Szenekneipe gibt's nach meinem Kenntnisstand gar nicht, somit auch keine Punkmusik. Bisweilen sah ich Touristen, die aufgrund ihres Outfits der Punkkultur zuzuordnen wären. Ich sah eine Jugend- beziehungsweise Schulgruppe am Hafen in List, davon trugen einige Leute T-Shirts mit Wizo-, Ramones- und erfreulicherweise auch Pöbel-&-Gesocks-Aufdruck. Auch in Westerland liefen mir einige „schräge Typen" über den Weg, direkt auf der Einkaufsmeile. Aber während ich ziemlich normal gekleidet herumlief, trugen diese Leute Punkeroutfit und glotzten mich an, weil ich die Dose Bier in der Hand hielt und durch die Menschenmenge torkelte.

Aktiv

Das Taxifahren ist quasi genauso teuer, wie wenn man mit öffentlichen Nahverkehrsmitteln reist, hier mit dem Omnibus. Die Fahrt von Westerland nach List ist mit vier Personen im Taxi günstiger als mit dem Bus. Viele Strecken lassen sich auch gut zu Fuß bewältigen, immer schön am Strand entlang. Haltet euch aber vom Ortsteil Kampen fern, da wohnen wirklich nur die Reichen und der Strand ist doof. Obwohl mir in diesem Zusammenhang eine Restauration namens Sturmhaube in Kempen einfällt; ein sehr cooles Lokal mit herrlichem Meerblick und leckerem Hefeweizenbier. Wenn man Glück hat, sitzt ein Virtuose am Klavier und spielt tolle Melodien, wenn man Pech hat, sitze ich da besoffen und fabriziere Lärm.

Empfehlenswert ist es auch, sich ein Fahrrad zu leihen. Ein tolles Gefühl entsteht, wenn man auf der schmalsten Inselstelle von Kampen nach List radelt: Von der Straße aus schaut man nach links und sieht das Meer; und dann schaut man nach rechts und sieht ebenfalls das Meer. So etwas ist einmalig … Es gilt dabei, die einzige Sylter Wanderdüne zu überholen, sonst ist der Blick nach links nur mittels Besteigen einiger fester Dünen möglich. Die Preise fürs Ausleihen von Fahrrädern sind leider recht hoch, aber eine Tour crossover Sylt bietet mehr als eine Fahrt im Bus, aus dem man nicht richtig hinausschauen kann, weil die Scheiben mit Werbung zugepflastert sind.

Die Muschel

Nicht vergessen darf ich die Muschel in Westerland, sie ist sozusagen das Kurmusikhaus, in dem täglich Musikgruppen, Orchester, Chöre und ähnliches auftreten. Das Besondere an der Muschel ist die einmalige Akustik; quasi eine offene Halle in Muschelform. Man setzt sich auf die Tribüne, hört beispielsweise dem fantastischen Shanty-Chor zu, im Hintergrund rauscht das Meer und die Möwen sitzen oben auf dem Dach. Spätestens dann hat man diese vermaledeiten Viecher wieder lieb. Romantik pur! Und wenn nachts die Säufersonne im vollen Lichte scheint und das Nacktbaden in der badewannenwarmen Nordsee lockt – spätestens dann ist klar, dass es mich irgendwann wieder dorthin verschlagen wird.

Schönen Gruß

Vielen Dank für einen unvergesslichen Urlaub geht von dieser Stelle aus an Ilona, Birgit, Gert, Edgar, Eva, Emilie und Elvis. Mein Dank geht natürlich auch an die Insel Sylt!

Pöbel & Gesocks singen gern „Wenn ich sterbe dann besoffen“ – für mich gilt seit dem Sommer 2006: „Wenn ich sterbe, dann (besoffen) auf Sylt“!

WENN KÖNIGE REISEN

IAN BEER

Liebe Kinder, jetzt wo die Schule wieder beginnt, möchte ich, dass jeder von euch einen Aufsatz über sein schönstes Ferienerlebnis schreibt", ähnlich klang es auch bei der Rekrutierung für dieses Buch. Frei von Fiktion und der üblichen Unbeschwertheit des Ausdenkens begeben wir uns an den Beginn einer vergangenen Realität nach Schönefeld.

Wenn Könige reisen, dann *all inclusive*, und sie wissen meistens auch wohin. Nicht so der unsere; er musste auch erst noch offiziell gekrönt werden. Am besagten Flughafen fanden sich zu dieser anstehenden Zeremonie 14 wohlwollende Reisebegleiter im spätsommerlichen Sonnenschein vor der Abflughalle ein, um den unwissenden Protagonisten in seinen Adelsstatus zu erheben und ihm seine Destination zu verkünden. Ein purpurroter Nikolausmantel und eine goldene Plastikkrone, mit vermeintlichen Juwelen besetzt, trugen dazu bei, seinen Status nach außen zu verkünden. Freudestrahlend und erwartungsfroh bewegte sich der 36-jährige zukünftige Regent mit wenig Gepäck auf die fröhliche Ansammlung anderer mitteljunger Herren zu und bot die üblichen Gepflogenheiten der Begrüßung dar. Direkt im Anschluss ward ihm jegliche Illusion eines entspannten Wochenendsausflugs geraubt. Der nicht immer leicht zu überzeugende Noch Junggeselle wurde im vertrauten Kreise in sein neues Amt erhoben und unter Androhung einer augenblicklichen Revolution durch den Trauzeugen warf er sich mittelfreiwillig in seine neue, bereitgestellte Regentenkluft. Wir waren als sein Gefolge und als Globalmatadore an unserer auserwählten, ebenfalls purpurroten T-Shirt-Garderobe sehr wohl erkennbar. Irreführende Reiseziele wie Madrid, Dublin, Warschau sowie Usedom und andere Anspielungen wurden mittlerweile gut hörbar gehandelt, um den Moment der Ahnungslosigkeit des Königs und der anschließenden Überraschung erfolgreich auszukosten. Einiges ging auch dem angehenden Bräutigam durch den Kopf. Ballermann, Premier-League, Whisky-Trail in Schottland, Belfast aus seinem früheren Arbeitsleben, Prag aus Tradition oder ist vielleicht alles nur eine Täuschung und es geht zum

Gotchaspielen in die Mark Brandenburg? Nein, nichts von alledem.

Wir fuhren ins Baltikum nach Tallinn. Auf dem Rollfeld drehte sich der König um und winkte locker und souverän aus dem Handgelenk das Winken eines Monarchen und damit war der Etikette Genüge getan und Deutschland hochherrschaftlich verabschiedet. Das Flugzeug samt Personal war in Orange gehalten, der Farbe der Hoffnung, auch sonst war alles bisher ganz easy. Mit 1,90 Meter hatte unsere bisher schon viel gereiste Majestät, wie üblich, ein Platzproblem, doch die aus Bristol stammende Stewardess schlug ihm höflich aber bestimmt seine Bitte ab, im Cockpit mitzufliegen. Auf sein Argument, er wäre der König und das Flugzeug somit seins, wollte sie sich partout nicht einlassen, doch schenkte sie ihm ein bezauberndes, geduldiges und sehr entwaffnendes Lächeln.

„Tallinn hat eine schöne mittelalterliche Altstadt mit Stadtmauer und Türmen, die 1997 von der UNESCO zum Weltkulturerbe erklärt wurde … Das 1322 erstmals erwähnte Rathaus … blabla“ (Wikipedia)

Der erste Eindruck ist oftmals prägend, dies gilt auch für das Land der Esten. Der hellblonde, blassgrün uniformierte Grenzbeamte im Flughafengebäude trug eine Warschauer-Pakt-Schirmmütze und schien wohl des Öfteren mit hochrangigen Herrschaften zu tun zu haben. Er ließ sich durch die Anwesenheit unseres Königs nicht aus der Ruhe bringen. Im Gegensatz zu den anderen Passagieren an der Grenzkontrolle welche sich neugierig über seine Herkunft informierten und ihm zum Teil ehrerbietigst huldigten. Beim Hinaustreten aus dem Flughafengebäude erwartete uns ein Chauffeur mit seinem modernen Kleinbus. Dieser brachte unsere Reisegesellschaft prompt zu der in der Innenstadt gelegenen Residenz. Ohne sich lange mit der Einquartierung aufhalten zu wollen, widmeten wir uns hurtig der Vergabe der Liegestätten, um denn alsbald eine kleine Begehung der direkten Umgebung vorzunehmen. Denn der König wünschte zu speisen, auch wenn Lady David, ein besonders reinlicher Gefolgsmann, vorzugsweise zur dritten Tagesdusche übergegangen wäre. Die Befehlsstruktur war klar und somit ging Nahrungsaufnahme dem exzentrischem Körperkult vor. Auf dem Weg zur Speisung begegneten wir nach nur wenigen Metern einer Gruppe männlicher Eingeborener. Sie traten, nachdem sie unsere Landessprache vernommen hatten, an uns heran und boten einen etwas aus der Mode gekommenen römischen Gruß dar, um uns willkommen zu heißen. Sie schienen sichtlich überrascht über unsere gar nicht höflichen Erwiderungen und entfernten sich daher irritiert vom Ort des Geschehens. Derweil begaben wir uns auf die Suche nach Amüsement.

Aus Mangel an Ortskenntnissen besuchten wir ein nahegelegenes Tanzlokal, welches, wie sich rasch herausstellte, von gleichgeschlechtlich Liebenden besonders gern frequentiert wurde. Mitglieder des Hofstaates nutzten die Gelegenheit und gaben mir schmunzelnd zu verstehen, dass meine heiß und innig geliebte Fransenlederjacke in der Kombination mit meiner Stretchjeans und dem ausgedünnten Pferdeschwanz selbst hier schon länger nicht mehr gesehen war. Doch ich als Trendsetter darf mich da nicht beirren lassen. Irgendwann, ja irgendwann wird meine Stunde des modischen Triumphs kommen. Bis zu diesem Moment der verbalen Vergeltung kann es zugegebenermaßen noch ein wenig dauern. Doch ich schweife ab, zurück zum Geschehen.

Ihrer Majestät schien es nach Abwechslung zu sein. In diversen Lokalen mit und ohne Tanzvergnügen wurde bei einem gemeinsamen abendlichen Altstadtbummel eingekehrt. Die Masse und Geschwindigkeit der zum Konsum angebotenen Güter ließ die Gesellschaft peu a peu auseinanderdriften, welches der unterhaltsamen Gesprächsthemen keinen Abbruch tat. Partnerschaft und das ganze Drumherum schienen unvermeidliches Hauptthema in Anbetracht der baldigen Eheschließung seiner Majestät. Warnungen, von Neid begleitete Schmähungen, „Tipps", sowie Glückwünsche wurden getätigt und hin und wieder auch die Ernsthaftigkeit des Hochzeitsunterfangens erfragt. Es gab Berichte von der eigenen Suche, von verpassten oder vermasselten Chancen und die ewige Frage nach dem Sinn einer räumlichen, gesetzlichen oder überhaupt einer Bindung mit dem anderen Geschlecht. Um uns herum wirkte alles ruhig und ein wenig provinziell, schon fast entspannend.

Der gemeine Este an sich schien eher neutral, was die Kontaktpflege mit ausländischen Gästen anging, während ihre hier vielzählig anwesenden Nachbarn aus Litauen sich, unabhängig vom Geschlecht, wesentlich lauter und interessierter zeigten. Unwichtig.

In der überraschend angenehmen Atmosphäre unseres Domizils fand sich unser Gefolge später wieder und es brach die Zeit des gemütlichen Herumlungerns und der Anekdoten an, es fehlte lediglich am obligatorischen Lagerfeuer. Wieder eine dieser Nächte.

Die wohl verdiente Nachtruhe hielt nicht lange an. „Wakey! Wakey! Wach ist man, wenn man die Schuhe an hat."

Am Zustand der Betten, beziehungsweise an deren Inhalt, war sehr leicht auszumachen, wer denn „gedient" hatte und wer nicht. Eine Minderheit war nun dem frühmorgendlichen Durst und Tatendrang ihrer an Kurzschlaf gewöhnten Mitreisenden ausgesetzt. Waschzeiten zwischen einer und bis zu 32 Minuten, exklusive Haartracht bearbeiten, sowie gleichermaßen sich unterscheidende Ernährungswünsche und Gepflogenheiten ließen den Tross nur versetzt in Gang kommen. Außerdem wurde erst an diesem Morgen der abgelegene Wellness-Bereich mit Sauna und einer cremefarbenen Whirlpool-Badewanne entdeckt. Diese Option wurde vorübergehend außer Acht gelassen, um die aufkeimende Aufbruchsstimmung nicht zu gefährden. Unserem Oberhaupt dürstete es nach trivialer Gemeinsamkeit und so zogen wir, an einem weiteren perfekten Spätsommertag, noch ein wenig verpeilt in der Estenmetropole umher.

Diverse andere Stadtbummler erkannten unseren König dabei wieder und erkundigten sich nach seinem Befinden und dem Verlauf seines bisherigen Aufenthalts. Vor einer Hofauffahrt trat ein betagtes und gebeugtes aber agiles Männlein auf uns zu, lauschte, und fragte: „Deutschland?“ Wir nickten brav, worauf er kurz in einem weißen, windschiefen Gebäude verschwand und prompt mit schallender Marschmusik wieder zum Vorschein kam. Er strahlte uns an und bevor wir uns versahen, befanden wir uns mitten in einer Führung durch das estische Seeminenmuseum. Seinen Schatz hob der alte Herr auf bis zum Schluss. Eine deutsche Seemine! „Die erste Seemine überhaupt. Ein solch großartiges Konstrukt.“ Sein Lob auf die deutsche Kriegsführung wurde immer ekstatischer, doch unser Interesse vernahm einen eher gegenteiligen Verlauf.

Des Weiteren standen noch Stadtmauer, Festung, Ratskeller, Kaufrauschgeschäfte, begehbarer Turm, verwinkelte Gassen, und was man sonst eben von einer mittelalterlich anmutenden Stadt erwarten kann, auf dem Programm. Es kam einem irgendwie alles ein wenig bekannt vor. Aber hin und wieder konnte man von einer Anhöhe einen äußerst imposanten Blick auf das Meer und die Sandstrände erhaschen. Und vor allem darin unterschied sich Tallinn von Nürnberg, ansonsten eigentlich kaum.

Übrigens hält sich seit geraumer Zeit, in der von der Festung aus zu sehenden Bucht von Tallinn, eine größere Gruppe von Außerirdischen versteckt. Weil sie so groß oder unintelligent oder beides sind, ist es nicht weiter schwer, sie von der Uferpromenade aus zu erspähen. Sie lassen sich sogar ohne Weiteres photographieren. Ich gehe davon aus, dass sie dies nicht nur für uns getan haben. Aber ähnlich wie bei Schildkröten lassen sie sich weder durch Tumult noch durch Steine werfen aus der Ruhe bringen. Da haben wir schon Aufregenderes erlebt. Ich möchte an dieser Stelle bemerken, dass bei unserem Besuch keineswegs Drogen im Spiel waren. Von der Ansammlung dieser nichtmenschlichen Spezies kann man sich jederzeit gern selbst überzeugen. Wahrscheinlich ist den Esten die Anwesenheit der Gäste aus dem Weltraum unangenehm und sie erwähnen diesen Aspekt daher nicht weiter. Vielleicht denken sie auch, es wäre vollkommen normal und jedes Land hätte irgendwo ein paar Außerirdische angesiedelt. Egal.

Bevor uns an diesem Tag eine kulturelle Überlastung zu Teil wurde, begaben wir uns wieder auf vertrautes Terrain und ließen das Erlebte in einer Bar, welche uns als Sammelstelle diente, Revue passieren. Ledersessel, Rolling Stones, englische Politessen, Whisky und Zigarren …

Im Scotland Yard, so der Name des Etablissements, ging anfänglich alles sehr stilvoll vonstatten. Von oben herab konnte man durch eine riesiges, gut bestücktes Aquarium auf die Bühne blicken, um den aufrührerischen Klängen von einst zu lauschen. Der Sänger katapultierte die damaligen Sorgen von Mick Jagger und seiner mangelnden Satisfaktion sehr authentisch zu unserer Herrenlounge hinauf. Vermutlich stellten wir an diesem Abend nicht gerade seine traditionelle Zielgruppe dar. Die anfängliche Freude über tanzbeinschwingende Gäste hielt nicht lange an. Die impulsive und offenherzige Auslegung der Tanzkunst einiger Lebemänner avancierte zunehmend zur Hauptattraktion des Clubs. Auch schien sie den Musikern etwas befremdlich. Anschließend führte uns eine positive Rastlosigkeit die nächsten Stunden umher, planlos aber gut unterhalten, bis die Sperrstunde uns zu unseren Schlafgemächern trieb.

Nicht so Gefolgsmann Holger, die Mutter aller Hausmeister. Er war der mit dem Blubb. Zumindest hegte er für kurze Zeit den Gedanken, sich allein im Whirlpool von den strapaziösen Annehmlichkeiten des Tages entspannen zu können. So wie letztendlich acht weitere Herrschaften, zelebriert mit viel Geschrei. Es wurde alles Erdenkliche zu Schaum gemacht, was sich auch nur ansatzweise dafür eignete. Die Akustik des Raumes ließ nicht zu wünschen übrig, sie stachelte gerade dazu an, holpriges Liedgut gemeinsam zu intonieren.

Manchmal weiß man erst durch das Aufwachen, dass ein Abend zu Ende gegangen war. So auch bei diesem.

Ausgezehrte Körper versammelten sich mit ihrem Gepäck in der baltischen Mittagshitze. Ein als besonders verheißungsvoll gepriesener Strand sollte die letzte Etappe vor dem Abflug bilden. Oh, beschwerlich war doch der Weg, aber dafür belohnte die feinsandige einsame Bucht, welche sich uns darbot. Wehmut kam bei diesem Anblick auf, auch weil das Ende dieser intensiven Fahrt nahte und es in der Zukunft keine weiteren Hochzeitswilligen zu geben schien. Es kamen diverse Formen des Beschwatzens und der Nötigung auf, aber es ließ sich einfach keiner dazu überreden. Die einen hatten keine Dame zur Hand und würden gern, manch anderer hatte die Dame parat, doch wollte diese wohl eher in zeitlich begrenztem Rahmen genießen. Alternativ wurde in Betracht gezogen, stattdessen doch wenigstens Scheidungspartys zu zelebrieren oder, um der Misere ein Ende zu bereiten, gar untereinander zu heiraten. Die thematische Vielfalt barg viel Kurzweil, doch ließ sich unser bevorstehender Aufbruch auch dadurch nicht ewig hinauszögern. Dem König zu Ehren formierten wir uns ein letztes Mal. Wie Gott uns Schuf in Reih und Glied, Hand in Hand, begaben wir uns allesamt gemeinsam in die lauwarmen bis zur Hüfte reichenden Fluten …

… um anschließend wieder nach Schönefeld zu gelangen, an das vermeintliche Ende dieser kurzen Reise. Für einen von uns jedoch dauert sie unvermindert bis zum heutigen Tage an. Mit seiner auserwählten Begleiterin Hand in Hand.

VOM VERGESSEN DER WELT

FRAGMENTE EINER POLNISCHEN REISE

ROBERT WEBER

Berlin, Abreise

Ich stelle mich an den Herd und koche Spaghetti mit Sardellensoße. Es ist Montag und abends geht der Nachtzug. Ich habe einen Platz im Liegewagen. Nachher kommt Michael, zum Trinken, aber vorher zum Essen. Er kommt, wir trinken, wir essen, wir trinken und als der Wein alle ist, trinken wir noch jeder zwei Bier und hundert Gramm Wodka im Kino Krokodil. Die Zeit wird knapp, ich muss zum Zug, Bahnhof Lichtenberg. Michael sagt, er bringt mich noch zum Gleis; das ist nett von ihm. Auf dem Bahnsteig merke ich, dass ich vergessen habe, meine Uhr auf Winterzeit umzustellen. Ich bin eine Stunde zu früh. Die Gelegenheit ist günstig, noch Bier und Schnaps zu trinken. Wir entdecken eine kleine Pinte außerhalb des Bahnhofs.

Tolle Kneipe, sagt Micha mit Blick auf die Getränkekarte und die Preise. Tolle Musik, sage ich, mit halbem Ohr den Schlagern lauschend. Zwei Bier und zwei doppelte Doppelkorn bitte, dann ist es aber wirklich Zeit. Ich schaue auf meine Uhr: eine Stunde zu spät, also genau richtig.

Der Zug sieht lustig aus, eine alte, polnische Lok eben. Dampf zischt unter den Schienen hervor, so meint man. Der Schaffner am Bahnsteig trägt eine polnische Bahnuniform, die ihm eine Nummer zu groß ist, seine Mütze scheint ihm jeden Moment ins Gesicht zu rutschen, der Rest schlottert um ihn herum. Er will mein Ticket sehen, steckt es ein und geht weiter. Das irritiert mich, vielleicht ein verkleideter Trickbetrüger? Man hört ja so allerhand über gewisse Vorgänge in polnischen Nachtzügen. Diebesbanden, die mit Schaffnern gemeinsame Sache machen, sollen von Abteil zu Abteil ziehen und die Reisenden erleichtern. Das Auswärtige Amt empfiehlt, nur bei Tageslicht zu fahren. Ich steige trotzdem ein.

Der Liegewagen ist klein und randvoll mit sechs Menschen und deren Gepäck: Große, weiße Plastiksäcke voll von Irgendwas, braune Flüchtlingskoffer aus Pappe, Rucksäcke mit Alugestell, Tüten von Aldi – fehlen nur noch die Hühner.

Der Zug setzt sich langsam in Bewegung. Michael steht auf dem Bahnsteig. Er hat mir vorher noch ein weißes Taschentuch zugesteckt, ein anderes hat er jetzt in der Hand und winkt. Ich winke der immer kleiner werdenden Gestalt zurück. Wir werden uns bald wieder sehen, rufe ich, lebend!

Mein Taschentuch flattert davon, wie eine weiße Taube in einem John-Woo-Film. Das heißt, eigentlich flattere ja ich davon. Das Taschentuch bleibt in der Luft stehen, dort, wo ich es losgelassen habe, dort, wo jetzt der letzte Wagen des Zuges vorbeirattert.

Czarna Górna, 2. Tag, Bushaltestelle, Endstation

Ich bin mitten im Nirgendwo. Die Straße ist zu Ende. Erst in die falsche Richtung und dann noch falsch abgebogen.

Ein kleiner Laden aus Wellblech, drei Kinder, zwei Mütter, eine Welpe und ein Trinker – Pardon, zwei, wenn ich mich mitrechne. Es gibt keinen falschen Weg, keine falsche Richtung. Es ist gut, dass ich hier sitze, unter einem Wellblechdach am Ende der Straße. Der Tag ist noch jung und ich habe viel Zeit. Von hier aus geht es nur noch seitwärts in die Büsche. Ich bin Richtung Westen gelaufen, also muss ich nach Osten, aber vorher nach Norden, das kriege ich hin. Das Kleinste der Kleinen scheint mich zu mögen. Es stromert um mich herum und lächelt mich an mit seinen Mangaaugen. Mir wird ganz warm ums Herz. Die Mutter zieht es weg, sie hält mich für eine Päderasten, möglicherweise. Die Welpe wird mit trockenem Brot gefüttert, ich gebe ihr ein Stück Kiebasa. So was Gutes hat sie noch nie gegessen und sie weicht mir nicht mehr von der Seite. Das Frauchen muss sie wegtragen, insgesamt drei Mal, weil es immer wieder ausbüxt, vom Haus gegenüber, und hofft, dass es noch ein Stück Wurst kriegt. Wahrscheinlich rührt es nie wieder Brot an. So sind sie, die Mädchen.

Postkartengruß 1

Lieber Michael,
wie Du es vorausgesehen hattest, verlaufe ich mich nahezu täglich, komme nie dort an, wo ich hinwill, aber immer dort, wo ich hinsoll. Dir würde es hier gut gefallen. Der Wodka (50 Gramm) kostet weniger als einen Euro, das Bier kaum mehr. Auch die Zigaretten (25 Stück-Packung für 1,50 Euro) sind billig. Also insgesamt ein Trinkerparadies.
Es grüßt Dich
Dein Robert

Czarna Górna, 3. Tag

So besoffen wie den Alten zwei Tische weiter habe ich noch nie jemand gesehen, ich meine *wirklich* noch nie. Unter ihm eine Pfütze. Es stinkt zu mir rüber. Er wird wohl die Nacht im T-Shirt hier auf der Bank verbringen, im Freien. Morgen kann ich mir meine erste Leiche ansehen. Ich möchte auch mal so besoffen sein, würde aber vorher sterben, soviel ist sicher. Er versucht sich aufzurichten, hält sich am glücklicherweise festgeschraubten Tisch fest, klappt aber immer wieder zusammen, fällt um, bleibt erstmal liegen. Schließlich schafft er es in die Senkrechte. Er torkelt sich ein, schiebt sich zentimeterweise an der Brüstung entlang – warum packt ihn der fette Typ in Tarnklamotten, der ihn offenbar kennt, denn sie führen so etwas wie eine kurze Unterhaltung, sofern so etwas möglich ist, mit so einem, in so einem Zustand, warum packt er ihn nicht in den Kofferraum und fährt in nach Hause? Früher hätte er das gemacht. Scheiß, pardon, kack EU.

So ist es gut, Alter, immer an der Brüstung entlang, nur nicht zu schnell, immer nur einen Schritt weit und dann erstmal ausruhen. Dann noch die drei Stufen, aber da sehe ich schwarz. Nichts mehr zum Festklammern. Alle wenden sich ab. In einem 100-Einwohner-Dorf, in dem ihn jeder kennen muss. Ich auch. Er wird es nicht schaffen. Er wird heute sterben, auf der Straße und alle werden hinterher sagen, sie hätten gewusst, dass es so mit ihm enden würde. Scheiße, Pardon, Kacke, ich brauche 50 Gramm Wodka. Jetzt ist er auf der Straße, hast es hingekriegt, Alter, torkelt haltlos den Weg hinunter, links ist die Rettung, ein Maschendrahtzaun, grifffreundlich, an diesem hangelt er sich langsam weiter und verschwindet schließlich in der Dämmerung.

Nein, doch nicht. Der Alte schält sich wieder aus der hereingebrochenen Dunkelheit hervor, kommt wieder näher, entlang am Zaun.

Er hat einen Kumpel getroffen, mit dem er unbedingt noch was trinken muss. Unbedingt! Nur hat er den ukrainischen Spiritus vergessen. Er schafft es zu seinem vollgepissten Platz. Am Boden steht die Steingutflasche, kein Etikett. Alles wiederholt sich. Dann ist er wirklich weg. Die Hoteliere wischt die Pisse auf. Es stinkt nach Sagrotan. Alles wieder sauber. Keimfrei. Gut so.

Postkartengruß 2

Hallo Ahne, hallo Katja,
ich sitze irgendwo im Nirgendwo, trinke Wodka und Bier, und vermisse die ganze Saubande keinen Deut. Ist Dein Arsch immer noch so dick, Katja? Es grüß Euch
Euer Robert

Ustrzyki Dolne

Heißt der Ort, den ich inzwischen zwar aussprechen, aber nicht behalten kann. Wenn auf irgendetwas „der Arsch der Welt" zutrifft, dann auf das hier. Ich beschließe, sofort weiterzureisen. Hier liegt der Hund begraben, hier möchte man nicht tot über dem Zaun hängen, hierher wünscht man sich nicht den schlimmsten Feind. Eine Hauptstraße, auf der Lastwagen durch die Stadt rumpeln, der Marktplatz, eine lärmende Baustelle, zu Essen gibt es nur Pizza. Ein Dreckloch. Warum dieser Ort auf meinen Wanderkarten als „besonders sehenswert“ bezeichnet wird – ich weiß es nicht. Mein Reiseführer hat ausnahmsweise mal Recht, dass er Ustrzyki Dolne nicht mal der Erwähnung wert findet. Kahl geschorene Jugendliche in gefälschten Lonsdale-Klamotten stehen am Busbahnhof oder säumen die Straße, in der Hand eine Bierflasche, mit stumpfen, hasserfüllten Gesichtern, in denen tausend Jahre lang der Inzest gewütet hat. Natürliche Auslese, natürlich Ausnahmen. Vielleicht bin ich zur falschen Zeit angekommen, vielleicht mit dem falschen Fuß aufgestanden, vielleicht reichen drei Stunden Wartezeit, eine Pizza und vier Bier einfach nicht, um den Charme dieses Kackhaufens vollständig zu erfassen. Ich weiß es nicht und will es auch nicht wissen.

Good bye Ustrzyki Dolne, good bye.

Postkartengruß 3

Hallo Anna,
ich finde Dich nach wie vor scheiße.
Robert

Przemyśl, 1. Tag

Ein alter, sehr alter Mann quält sich den Platz herunter. Hangelt sich von Baum zu Baum, von Stütze zu Stütze. Ich habe den Impuls, hinzuspringen, ihm meinen Arm anzubieten, doch ich lasse es. Ich weiß ohnehin nicht, wo er lang will und meinen Job als Sozialarbeiter habe ich schon vor Jahren an den Nagel gehängt. Sollen sich die Polen um ihre Alten kümmern, aber es kümmert sich keiner. Scheiß Sozialdemokratie. Ich will 50 Gramm Wodka trinken. Das sei hier so üblich, nach dem Essen, heißt es in meinem Reiseführer, der manches verschweigt. Wodka hab ich hier noch keinen trinken sehen, nur mich. Die Polen trinken dafür Bier mit Ingwersirup durch den Strohalm, so wie wir damals, als Jugendliche, wenn wir besonders schnell besonders besoffen sein wollten. Hatte nie einen Unterschied bemerkt. Warum auch? Soll mal jemand eine Doktorarbeit drüber schreiben.

Überhaupt, Verfall der Sitten. Scheiß EU, nein, kack EU. Ich sollte bei der Wortwahl bleiben, so was nennt man Stil in meinen Kreisen. Scheiß auf den Stil, kack drauf. Ich schreibe ohnehin immer so, wie der Autor, dessen Buch ich gerade gelesen habe. Na und? Auf Schreibstil gibt es kein Patent. Ohnehin sind schon alle Stile ausgeschöpft, genau wie Geschichten. Da kann ich mich auch frei bedienen. Literaturinstitut zum Beispiel, da gehen alle mit unterschiedlichem Stil rein und mit demselben wieder raus. Genau wie bei der EU. Vorher alles anders, nachher alles gleich: Währung, Sprache, Regierung, Preise, Lebensmittel. Einheitskultur, Einheitsmode, Einheitsfressen. Willkommen daheim, Dobranosz, gute Nacht, Marie. Wenn Polen mal den Euro, dann kann ich auch zuhause.

Polen sei teurer geworden, so sagt man, aber noch kostet der halbe Liter einen Euro und ein Essen gibt's für fünf. Ihr werdet euch noch umsehen, liebe Nachbarn. Eure Preise werden sich verdreifachen und dann könnt ihr einpacken. Dann geht es nur noch ums Geld, wie überall. Dann bleibt uns allen nur noch Russland, Rumänien, die Ukraine, weil alles billig sein muss.

Postkartengruß 4

Liebe Linda,
im Gegensatz zu Dir, die Du Dich im Schoß der Kirche befindest, befinde ich mich im Land der Geister und Dämonen. Graf Dracula ist mir zwar noch nicht begegnet, aber dafür jede Menge andere, zwielichtige Gestalten, die sich bei näherem Anschauen jedoch alle als harmlos entpuppt haben. Ich hoffe, Dir geht es gut und Du hast Deinen Entschluss, ins Kloster zu gehen, nicht bereut. Viele Grüße.
Dein Robert

Sanok, 2. Tag

Es regnet Bindfäden, schüttet aus Kübeln, ich fahre nach Sanok. Von dort komme ich überall hin. Nette, verkackte Kleinstadt. Noch ein Drei-Sterne-Hotel, noch ein kack Zimmer im Erdgeschoss zur Hauptstraße raus, aber Kabelfernsehen. Im Keller versöhnen mich ein gutes Restaurant und eine sehr nette, sehr hübsche Bedienung. Sie hängt als Akt an der Wand und verrät mir ihren Vornamen. Jana. Ich werde Tage später ganz woanders noch mal von ihr hören. Die andere heißt Miriam, auch sie ziert die Wand, lasziv auf einem Diwan, so bild ich mir ein. Sie arbeitet erst seit drei Tagen hier und entschuldigt sich, weil das Bier so lang braucht.

I have time, Miriam, nothing else matters. Sie freut sich. Ich vertrinke noch 20 Zloty und mache ein Nickerchen.

Übermorgen soll sich das Wetter wieder einkriegen, dann fahre ich zurück in die Wälder. Oder auch nicht. Eigentlich egal.

Heute ist polnischer Herrentag, aber das weiß ich noch nicht, das erfahre ich erst später, als ich in einer Bar sitze. Ich und drei Polen. Ein Zimmermann, ein Lehrer und der Barkeeper. Wir spendieren uns gegenseitig einen Wodka nach dem anderen. Der Barkeeper lächelt, der Lehrer schweigt, der Zimmermann telefoniert mit einem Freund in Zakopane, der spricht Deutsch und soll übersetzen. Ich bin zwar betrunken, aber diese rührende Geste ist trotzdem Quatsch. Das sag ich seinem Freund in Zakopane und sein Freund in Zakopane sagt, dass er mir nur sagen soll, dass sein Freund, der Zimmermann, Zimmermann ist. Der Zimmermann ist eigentlich Schreiner und zeigt mir seine Werkstatt, die nicht weit von der Bar entfernt liegt. Er stellt Büromöbel her, modernes, funktionales Design, das mich an die Decefix-Zeit erinnert. Very nice, sage ich und er nickt zufrieden. Wir gehen zurück und trinken weiter. Wie ich in mein Hotel gekommen bin, weiß ich nicht mehr.

Postkartengruß 5

Liebe Marion, liebe Feli,
macht Euch keine Sorgen, ich werde bald sterben. Danach mach ich wieder was Lustiges. Grüße
Euer Robert

Sanok, 3. Tag

Es hat aufgehört zu regnen. Ich bin völlig desorientiert. Wodka ist ein Teufelszeug und den Teufel soll man mit dem Beelzebub austreiben. Also erst mal ein Bier.

Ich geh noch mal in die Kneipe, in der ich gestern mit den drei Polen gefeiert habe. Einen davon treffe ich davor auf der Straße. Weil er mir ansieht, dass es nicht gut geht, fragt er mich, wie's geht.

Es geht, sage ich und wie's ihm ginge?

Er deutet auf ein Arztschild und meint, dass es ihm jetzt wieder besser gehe. Handschlag, tschüss.

Beim ersten Bier zittern noch die Hände, beim zweiten ist es weg. Neben mir ein Verkehrsopfer, invalid seit 15 Jahren. Er geht auf Krücken bis zum Tod. Er deutet immer wieder auf seine Schädeldecke und dann auf sein verkrüppeltes Bein. Er lädt mich auf ein Bier ein. Ich bestelle zwei Wodka. Wir trinken und werfen uns mit Hilfe meines Sprachführers ein paar Brocken zu. Er hat vor dem Unfall in einer Glasfabrik gearbeitet, Biergläser, Schnapsgläser, Wein-, Saft- und Wassergläser. Er deutet auf die jeweiligen Gläser hinter dem Tresen und dann auf seinen Kopf und sein Bein. Schließlich sagt er, ich solle ihn zum Essen einladen, weil er nur 600 Zloty an Rente bekomme. Er deutet auf das teuerste Gericht in der Speisekarte, dann auf seinen Kopf und sein Bein, ich schüttle den Kopf, er nimmt ein billigeres, ich schüttle den Kopf, er nimmt das billigste, ich schüttle den Kopf, ich bin traurig und gehe. Nachts träume ich von Angela Merkel.

Postkartengruß 6

Liebe Leute,
lasst Euch von der Schulmedizin nichts einreden. Es stimmt wirklich, dass, wenn man sich von einem Berg hinunterstürzt, alle Krankheiten von einem abfallen. In diesem Sinne, macht's gut.

FLAUSEN

AHNE

Jetzt zwei Wochen Pauschalurlaub. Sich um nichts kümmern, keinen Kopf machen um die Sitten und Gebräuche des Gastgeberlandes. Sprachkenntnisse – drauf geschissen und die Kinder jeden Morgen bei so'm Unterhalter abgeben. Wär das schön!? Und gar nicht mal so teuer, hab ich gehört.

Ich war ja noch nie in Südamerika. Als Kind, da hab ich bei meinem Vater im Bücherschrank, damals hatte mein Vater noch einen Bücherschrank, eine ganze Reihe von Reisebeschreibungen herausgekramt und sie sämtlich gierigst verschlungen. Peru, Chile, Kolumbien. Alle nicht für die Fußball-WM 2006 qualifiziert, doch das war mir damals schnuppe. Wir durften ja damals nicht nach Südamerika reisen, weil Südamerika für DDR-Bürger zu gefährlich war, da wüteten gefährliche Krankheiten, die Gicht und die Cholera, nicht zu vergessen der Tango, Krankheiten, gegen die man als DDR-Bürger keine natürlichen Abwehrstoffe besaß, die hätte man für teure Devisen erst erwerben müssen und teure Devisen waren teuer, die wurden damals selbstverständlich nicht zum Fenster rausgeschleudert, wie heute, guckt euch an, was heute alles auf der Straße liegt, oder sitzt, viele werden ja auch auf die Straße gesetzt, nein, damals wurden teure Devisen selbstverständlich dafür benötigt, um die Erträge in der Landwirtschaft zu steigern. Roggen, Weizen, Toastbrot. Das kam dem Volk zugute, das war gut. Reisen nach Südamerika kamen nur einzelnen Südamerika-Fans zugute, einer Elite sozusagen, das war nicht gut. Ich hab das ja auch alles eingesehen damals, ich wollte ja auch nicht verhungern, wollte ja jeden Tag mein rationiertes Toastbrot ebenfalls mit Rübensirup beschmieren dürfen und doch, heimlich, nachts, da war ich dort, in Südamerika, mit unserem Trabant, unserem himmelblauen Trabant 601, den mein Vater einst gegen ein Motorboot eingetauscht hatte, bei irgend so 'nem Hans im Glück. Ich fuhr von Argentinien nach Französisch-Guayana und zurück. Der Trabbi knatterte über die Anden, parkte vor Pyramiden, kämpfte sich durch den Regenwald, ich sprach mit Che Guevara über dies und das und mit Pelé über das und dies, trug Röcke aus Bananen und tanzte Samba die ganze Nacht.

Jeden Morgen war ich dann natürlich fix und alle von den Strapazen der Reise. Is ja auch ganz schön heiß da, die Luftfeuchtigkeit, is ja eine extrem hohe Luftfeuchtigkeit da, und die Höhe, die Höhe in den Anden ist ja ganz schön hoch, wenn man da oben ist, in den Anden, da fällt das Atmen schwer und die Umstellung, später, auf den Weg zur Schule, da ist ja wieder ein ganz anderes Klima, auf dem Schulweg, also, ich konnte schon verstehen, unter diesem Blickwinkel betrachtet, dass uns da unsere Regierung auch ein wenig schützen wollte.

Saß ich dann also fix und alle auf der Schulbank, vor mir Formeln, hinter mir die Wand, ich saß immer hinten in der Schule, weil man da so schön kippeln konnte, saß ich da und die Lehrerin, die wollte zum Beispiel was wissen, was über die Eltern, ob die Westfernsehen guckten und ob es uns nicht besser gefallen würde, in einem Heim zu wohnen. Ich fand den Unterricht meistens langweilig. Ach, schönes Südamerika! Die Menschen dort lachen, obwohl sie in Favelas wohnen und sich von Müllkippen ernähren, wenn das Volk droht aufzumucken, baut man ihnen schnell ein paar neue Fußballstadien hin und die Frau des Präsidenten, sofern sie hübsch ist, kann zur berühmtesten Person aufsteigen, berühmter noch als Jesus Christus, man ist streng katholisch in Südamerika.

Als Kind wollte ich aber sowieso nicht nackig baden, ich wollte nur eines, möglichst schnell alt werden, Rentner, 65 Jahre, damit ich endlich rüber kann, in den Süden, nach Südamerika.

Das sieht heutzutage natürlich anders aus. Ganz anders. Die Situation ist eine vollkommen andere. Die DDR gibt es nicht mehr, man kann reisen wohin man will, man kann alles sich kaufen, wenn man will und jetzt soll gefälligst hier keiner rummosern, dass man sich eben nicht alles kaufen kann, weil das eben nicht stimmt, natürlich kann man sich alles kaufen, man muss eben nur was für tun. Man muss mal seinen Arsch hochkriegen und früh zur Arbeit gehen, jawohl, nich nur meckern, auch mal ranklotzen, von nichts kommt nichts, schön, in die Hände gespuckt und auf geht's, nich immer umgucken, was die andern machen, nach vorne schauen gefälligst, da spielt die Musik.

So. So sieht's doch aus. Ich hab diese Republik schließlich mit meinen eigenen Händen zerknüllt, als ich mal sauer war, hab ich die beiden Seiten da, aus'm Atlas, rausgerissen und … mir brauch keiner was erzählen.

'ne Pauschalreise wär schön. Schön abends 'n Bierchen, eine Gruppe junger einheimischer Tänzerinnen macht schön rum, auf der Bühne, zur Musik von DJ Ötzi, Bobo oder einem anderen guten DJ, am Buffet gibt's alles, was man von zuhause gewohnt is, vonner Fettluke oder was Mutti so macht und die Kinder, die Kinder, ach, die Kinder, die haben doch bestimmt wieder nichts als Flausen im Kopf.

DIE AUTOREN

AHNE ist geboren worden als die Panzer der Warschauer Vertragsstaaten durch Prag rollten. Er wuchs behütet von seiner Mutti in Berlin auf und war relativ hilflos, als er zum ersten Mal einkaufen gehen musste. Später schrieb er ein Buch und dann noch ein Buch. Im März 2007 kam noch ein Buch heraus, das den schönen Titel *Zwiegespräche mit Gott* trägt. Wenn Ahne mal groß ist …, ach nein, er ist ja schon groß.

IAN BEER, 1968, Christchurch / UK. Seit 15 Jahren freiwilliger Berliner. Lebt schon jeher vom Tod. Ursprünglich als potenzieller Produzent (Britisches Infanterie Bataillon), mittlerweile als Zwischenhändler (Pathologie). Unter *www.thepokes.de* wird man Zeuge seiner musikalischen FolkPunk-Machenschaften.

GABRIELE DAMTEW wurde im Jahr der Kubakrise geboren. Da diese nicht durch gegenseitige Atomschläge gelöst wurde, konnte sie in Ost und West ein ereignisreiches Leben führen, war gar in der Blüte ihres Lebens reif für die Insel. Wenn sie gerade mal nicht von Kuba träumt, schreibt die studierte Publizistin unter anderem poetische Sportkolumnen.

JAN DREES, Jahrgang 1979, wohnt in Wuppertal, noch studiert er brav Germanistik und Medienwissenschaften in Düsseldorf, arbeitet als freier Kulturjournalist. 2006 erschien der Roman *Letzte Tage, jetzt* bei Eichborn, im Herbst 2007 kommt *Staring at the Sun*, eine 2.0.-Version des Debüts. Internet: *www.jan-drees.de*

KONRAD ENDLER, geboren 1971 am Tag des Chemiearbeiters. Kurz darauf Maurerlehre. Mit vier Jahren Nobelpreis im Bierholen. Dann langandauernde asketische Phase in den Wäldern südlich von Erkner. 1994 Rückkehr. Gründete allein in diesem Jahr etwa vierhundert Lesebühnen und die Musikgruppe Goyko Schmidt. Zurzeit aktiv bei den Papierpiloten (jeden Freitag 20.00 Uhr Waschhaus Potsdam) und als Spartenmusiker (Midi Monoversum). Bewohnt Räume.

ANDREAS GLÄSER, wurde 1965 in Prenzlauer Berg geboren; bereiste dreimal Malta; seine größten Erfolge sind *Der BFC war schuld am Mauerbau* (2002) und *DJ Baufresse* (2006). Für virtuelle Fälle gibt es *www.baufresse.de*

ANNE HAHN, 22 Jahre vor der Wende geboren, bis dahin schweres auf der Stelle treten in Magdeburg, danach Blickwinkelwechsel Ost - Südwest, Magisterarbeit über die Kreuzzüge, Probeleben in Italien, vor zwei Jahren Roman *Dreizehn Sommer* in Süddeutschland veröffentlicht, schreibt für Freitag und Weltexpress.de und pendelt für einen neuen Roman zwischen Altmark und Erzgebirge.

ULI HANNEMANN, geboren 1965 in Braunschweig. Vorleser bei LSD – Liebe statt Drogen und Reformbühne Heim & Welt. Geschichtensammlung *Hähnchen leider* (Satyr-Verlag, 2005).

FALKO HENNIG, geboren 1969 in Berlin, lebt auch dort, Reformbühne, Bücher, Filmvorträge und Radio-Hochsee-Talk-Shows, *www.falko-hennig.de*

JAKOB HEIN, geboren 1971 in Leipzig, lebt mit seiner Familie in Berlin.

ICE, geboren 1971 in Berlin. Aufgewachsen im Osten, in Mitte, momentan wohnhaft im Westen, in Kreuzberg. Einzelkind! Schuhgröße 44. Der Südafrika-Tripp war 2001.

MATTHIAS KLAß, gezeugt im Mai 64 in Pankow, entnabelt im Februar 65 in Eisenach reist, seit er erwachsen ist, nur noch zu Party- und Fußballzwecken. Weil er sonst eher menschenscheu ist, erholt er sich davon am liebsten bei kilometerlangen Nachtwanderungen im Thüringer Urwald, wo er sich bei Eulengesang und Gute-Nacht-Wünschen von Füchsen und Hasen zu Geschichten über den Unterklassenfußball diverser Knackwurschtligen inspirieren lässt.

FRIEDERIKE VON KOENIGSWALD, 1970 in München geboren, freie Journalistin und Texterin in Berlin, veröffentlichte Kurzgeschichten in Zeitschriften und Anthologien.

JAN OFF, geboren im Jahre des Herrn 1967 in Nowosibirsk; Pressesprecher der weiblichen Faustballnationalmannschaft Kambodschas; Mitglied im Vereinsvorstand von Traktor Tscheljabinsk; Bachmannpreisträger der Herzen; zurzeit in Darmstadt inhaftiert. Zuletzt erschienen sind die Romane *Vorkriegsjugend* (Mainz, 2003), *Weißwasser* (gemeinsam mit Antje Herden, Wolfenbüttel, 2006), sowie die Kurzgeschichtensammlung *Angsterhaltende Maßnahmen* (Mainz, 2006). *www.jan-off.org*

ANDREAS „SPIDER" KRENZKE wurde 1971 geboren. Lernte schon in der Schule Lesen und Schreiben, machte es aber erst Ende des letzten Jahrtausends zu seinem Beruf. War zwischendurch BMSR-Techniker und wäre fast Physiker geworden. Ist jetzt aber Surfpoet und hat LSD - Liebe Statt Drogen mit aufgemacht. Sein Debüt *Im Arbeitslosenpark* erschien 2006 bei Voland & Quist.

MARION PFAUS alias „Rigoletti", geboren 1966, ist Filmemacherin, Autorin und „The most unknown Popstar". Sie schreibt regelmäßig für den Freitag. Ihr Roman *Aus den Memoiren einer Verblühenden* ist im Herbst 2006 bei Voland & Quist erschienen. *www.rigoletti.de*

JOCHEN SCHMIDT, geboren am 9.11.1970 in Berlin-Friedrichshain. Altbau, Plattenbau, Zwangseinweisung in Schule, Armee, Zivildienst. Verschiedene sich widersprechende Studien in schwer zu Fuß zu erreichenden Städten. 1999 Gewinn des Open-Mike-Preises der LiteraturWERKstatt Pankow. Seitdem nur noch Arbeit: 2000 *Triumphgemüse* (Erzählungen), 2002 *Müller haut uns raus* (Roman), 2003 *Seine großen Erfolge* (Kurzprosa), 2004 *Gebrauchsanweisung für die Bretagne* (Liebeserklärung), 2007 *Meine wichtigsten Körperfunktionen* (Erzählungen). Liest wöchentlich neue Texte bei der Chaussee der Enthusiasten *www.enthusiasten.de/jochen.htm*

VOLKER STRÜBING, 1971 in Sondershausen geboren, aufgewachsen in Sachsen-Anhalt und Berlin-Marzahn. Ausgebildeter Facharbeiter für Datenverarbeitung. Diverse Jobs und abgebrochene Studien. Mitglied der Lesebühnen LSD und Chaussee der Enthusiasten, National Slam Champ 2005 und Autor des SF-Romans *Das Paradies am Rande der Stadt* (yedermann Verlag).

YANEQ ist viermal in der Türkei gewesen. Bis auf Australien, Südamerika und die Antarktis hat er seinen Fuß auf jeden Kontinent gesetzt und von den meisten auch wieder runtergenommen. Er hat in vier Städten gelebt, musiziert, getrunken, gefeiert, geliebt und gearbeitet. Im Moment lebt er in Berlin und hat kein Geld zum Reisen, weil er seine Steuerschuld begleichen muss. *www.yaneq.de*

ROBERT WEBER, geboren 1966 in Ochsenfurt, arbeitete als Industriekaufmann, Sozialarbeiter, Journalist und im Wettbüro, bezog Sozialhilfe oder war arbeitslos, bevor er sich 2002 als Schriftsteller selbstständig machte. Seither veröffentlichte er zahlreiche Hörspiele im Rundfunk, sowie Kurzgeschichten in Anthologien und Zeitschriften. Er gewann 2002 den Plopp-Award für die beste unabhängige Hörspielproduktion (Akademie der Künste, Berlin). Robert Weber ist Mitbegründer der Surfpoeten, sein Roman *Ich bin der Roman* erschien 2005 bei Voland & Quist. Sein aktuelles Projekt *Vom Vergessen der Zeit* wird mit einem Stipendium der Filmstiftung Nordrhein Westfalen gefördert.

FRANK WILLMANN, geboren am 20.09.63 auf Sansibar, letzte Veröffentlichung *Der Ball ist aus. 32 Autoren über 32 Mannschaften und eine Weltmeisterschaft*, Herausgeber mit Christof Meueler & Torsten Schulz, Eulenspiegelverlag 2006, mehr unter: *www.frank-willmann.com*

WILLI WUCHER, Alter unbekannt, geboren im Ruhrgebiet / Duisburg. Seit dem Urknall Punk-Rocker mit immenser Durchhaltekraft. Bekannt aus TV, Funk und Presse. Immer noch aktiv als Sänger der Punk-Rock-Combo PÖBEL & GESOCKS, immer noch Herausgeber des Musikmagazins RAUMSCHIFF WUCHERPREIS, immer noch Betreiber des Tonträgerversands SCUMFUCK, immer noch allerorts bekannt und nicht immer beliebt!